學詩百法

劉坡公 著

廣陵書社
中國·揚州

圖書在版編目（CIP）數據

學詩百法 / 劉坡公著. -- 揚州 : 廣陵書社,
2019.1(2021.1重印)
（經典國學讀本）
ISBN 978-7-5554-1171-0

Ⅰ.①學… Ⅱ.①劉… Ⅲ.①格律詩—創作方法—中國 Ⅳ.①I207.21

中國版本圖書館CIP數據核字(2018)第288223號

書　　名　學詩百法
著　　者　劉坡公
責任編輯　陶鐵其
出 版 人　曾學文
裝幀設計　鴻儒文軒

出版發行　廣陵書社
揚州市維揚路 349 號　郵編:225009
(0514)85228081(總編辦)　85228088(發行部)
http://www.yzglpub.com　E-mail:yzglss@163.com
印　　刷　三河市華東印刷有限公司

開　　本　880 毫米×1230 毫米　1/32
印　　張　6.25
字　　數　70 千字
版　　次　2019 年 1 月第 1 版
印　　次　2021 年 1 月第 2 次印刷
書　　號　ISBN 978-7-5554-1171-0
定　　價　35.00 圓

編輯説明

自上世紀九十年代始，我社陸續編輯出版一套綫裝本中華傳統文化普及讀物，名爲《文華叢書》。編者孜孜矻矻，兀兀窮年，歷經二十載，聚爲上百種，集腋成裘，蔚爲可觀。叢書以内容經典、形式古雅、編校精審，深受讀者歡迎，不少品種已不斷重印，常銷常新。

國學經典，百讀不厭，其中蘊含的生活情趣、生命哲理、人生智慧，以及家國情懷、歷史經驗、宇宙真諦，令人回味無窮，啓迪至深。爲了方便讀者閲讀國學原典，更廣泛地普及傳統文化，特于《文華叢書》基礎上，重加編輯，推出《經典國學讀本》叢書。

本叢書甄選國學之基本典籍，萃精華于一編。以内容言，所選均爲家喻户曉的經典名著，涵蓋經史子集，包羅詩詞文賦、小品蒙書，琳琅滿目；以篇幅言，每種規模不大，或數種彙于一書，便于誦讀；以形式言，採用傳統版式，字大文簡，讀來令人賞心悦目；以編輯言，力求精擇良善版本，細加校勘，注重精讀原文，偶作簡明小注，或酌配古典版畫，體現編輯的匠心。

當下國學典籍的出版方興未艾，品質參差不齊。希望這套我社經年打造的品牌叢書，能爲讀者朋友閱讀經典提供真正的精善讀本。

廣陵書社編輯部

二〇一七年十二月

出版說明

劉坡公，生平未詳。民國間有《學詩百法》《學詞百法》二书傳世，專爲學詩、學詞者指示門徑。

此二書既各有側重，又有內在的聯繫。按產生之順序，詩先於詞，對詩作中的聲韻、對偶、平仄、章法的研究和運用，提供了一條把握語言內在美的綫索，這種規律亦成爲詞作中不可忽略的基本規範，否則詩詞便難以成其真、成其美。本書分爲八綱，包括聲韻、對偶、字句、章法、規則、忌病、派別、體裁；綱下列目，如練習四聲法、研究鍊字法、起筆突兀法、押韻八戒法、作竹枝詞法等，分别介紹，由淺入深，循序漸進，教人以作詩的基本法則。書中尤爲詳細地舉例説明四聲、古韻對照，並將平仄與聲韻的指導貫穿始終，所用之例除在爲人熟知的唐詩中選取，更搜羅在此範圍之外的詩作，对於初學者而言，最爲簡便切實，大有裨益。

今據世界書局一九二八年刊本整理排印。原書存在引詩與現通行本不合、標題缺漏以及校對不精等問題，此次重新標點編排，查核引詩，是正文字，做了一些校訂工作，另外各條新編序號，以便使用。不足之處，敬祈指正。

廣陵書社編輯部

二〇一八年十一月

目録

第五綱　規則

第六綱　忌病

編輯大意

□ 本書定名《學詩百法》，專爲學詩者指示門徑。文字務求淺顯，體例不厭詳盡，初學得此，極易領悟。

□ 本書共分八大綱：一聲韻，二對偶，三字句，四章法，五規則，六忌病，七派別，八體裁。其中又各分子目若干則，共成百法，以供作詩之研究。初學細細揣摩，必能信手成章。

□ 本書教人學詩，貴由淺而入深，故第一步教以五七言古體，第二步教以五言律絶，第三步教以七言律絶。學者循序漸進，可收舉一反三之效。

□ 本書對於作法，極爲注意，如鍊字、造句、屬對、押韻等，以及詩之起承轉合各法，均分條説明其理，又各舉一例以爲證。學者依樣葫蘆，可無扞格之患。

□　本書以初學作詩，宜乎多讀，故就《唐詩三百首》中，分别寫景、言情、寓意、托物等種種章法，各選一首爲例。讀者奉爲範本，無須再購他書。

□　本書體格詳備，除古詩及五七言律絶外，凡《唐詩三百首》中所不載者，本書旁搜博引，加意採輯，以饗學者。

第一綱　聲韻

一　練習四聲法

學詩之第一步，當重聲韻。聲韻之中，尤以練習四聲爲最要。四聲者何？平上去入是也。兹録昔人辨四聲歌訣如下：

平聲平道莫低昂　上聲高呼用力强
去聲分明哀遠道　入聲短促急收藏

第一句言平聲平道莫低昂者，隨口平讀，其聲不高不低，而尾音自然延長。第二句言上聲高呼用力强者，向上高讀，其聲亢而響亮，並無尾音。第三句言去聲分明哀遠道者，向下重讀，其聲哀而且遠，而尾音較短。第四句言入聲短促急收藏者，向直急讀，其聲既木且實，亦無尾音。譬之擊鼓，以木槌輕擊鼓之中心，其聲爲『東』，是謂平聲。再擊鼓面之四周，則其聲爲『董』，是謂上聲。若更在鼓之中心，以木槌重擊之，則其聲爲『涷』，是謂去聲。若以一手捫鼓面，一手重擊之，則其聲爲『篤』，是謂入聲。總之，四聲之分，其不同之點有三：平去有尾音，上入無尾音，一不同也；平聲和平而尾音長，去聲哀遠而尾音短，二不同也；上入二聲，雖皆無尾音，但上聲響而亮，入聲木而實，三不同也。能辨此不同之點，然後可與言練習。試再列表于後。

聲別	讀法	發聲	尾音
平	隨口平讀	聲和平	尾音長
上	向上高讀	聲響亮	尾音無
去	向下重讀	聲哀遠	尾音短

聲別	讀法	發聲	尾音
入	向直急讀	聲木實	尾音無

練習之法，須將平上去入四字，按照前表讀法，以右手食指作勢，讀平聲時，以指擱於桌之左邊，徐徐向右移去，移至右邊盡處爲止，聲亦隨之而止。桌之闊，大約以二尺爲度。讀上聲時，以指擱於桌邊正中，向上一挑，約離桌面一尺高，而聲亦頓止。讀去聲時，以指離桌而下，重重一指，約離桌面一尺低，而聲乃止。讀入聲時，以指向對面一指，約離身一尺遠，而聲即止。如是將此四字，每日讀一百遍，其聲之高下疾徐，不可稍誤。歷三日，然後易以『東』平聲。『董』上聲。『凍』去聲。『篤』入聲。四字，仍照前法練習。再歷三日，則無論何字，一讀平上去三聲，而入聲之字，自然脱口而出矣。茲爲練習時

試驗有無錯誤起見，故將四聲之字，再舉數例於左：以平上去入爲序。

東董凍篤　同動洞獨　空孔控哭　蒙蠓夢木　隆攏弄陸　鐘腫種燭

松悚宋粟　容擁用浴　江講絳覺　知指志質　時氏侍日　詩矢試失

醫矣意一　基几記吉　私史肆率　離里利律　微尾未物　非誹沸弗

魚禦御月　渠拒詎掘　居舉鋸厥　枯苦庫闊　途杜度奪　吴午護活

孤古故割　西洗細膝　梨禮例栗　迷米謎密　佳解戒黠　排擺敗拔

哀亥愛曷　該改蓋葛　臺怠隊奪　真軫震質　申笋舜室　仁忍潤術

因引印乙　旬盡殉疾　文吻問物　分粉糞拂　元阮願月　翻反販髮

煩晚萬伐　干澣旰割　丸緩換活　灘坦嘆脱　删潸疝瑟　間簡澗吉

先銑霰屑　箋剪箭節　錢踐賤絶　船篆膳舌　堅繭見潔　蕭小笑削

遼了料略　腰杳要約　交狡校脚　高槁誥閣　遭早竈作　桃稻盜鐸
歌哿個骨　科可課窟　麻馬禡陌　牙雅夏譯　巴把霸伯　陽養漾藥
張漲帳酌　長丈讓若　將獎醬雀　香享餉謔　央癢恙約　良兩亮略
情靜凈夕　驚頸敬戟　鶯影映益　丁頂釘滴　蒸拯證職　尤有宥亦
讎受授石　鄒酒奏責　金錦禁急　陰飲蔭邑　含闇憾盍　甘敢紺鴿
鹽琰艷葉　奩臉斂獵　咸豏陷洽　緘減鑒甲

二　辨别平仄法

作詩之法，合上平下平聲統曰平，合上去入三聲統曰仄。平聲仄聲，絶然不同，一則和柔圓潤，一則亢直短促，學者最易辨别。惟有一種可平可仄之字，或可通用，或不可通用，若不加意辨别，非惟失去真解，並犯出韻及不調平仄之病。茲將此種字之可以通用與不可通用者，分別略舉於下：

平仄通用者

衷　平聲一東，去聲一送，義同，中心也。

供　平聲二冬，去聲二宋，義同，供奉也。

撞　平聲三江，去聲三絳，義同，搗也。

貽　平聲四支，去聲四寘，義同，饋遺也。

欷　平聲五微，去聲五未，義同，噓氣聲。

慮　平聲六魚，去聲六御，義同，憂思也。

驅　平聲七虞，去聲七遇，義同，奔馳也。

締　平聲八齊，去聲八霽，義同，結也。

楷　平聲九佳，上聲九蟹，義同，楷模也。

晦　平聲十灰，去聲十一隊，義同，不明也。

諄　平聲十一真，去聲十二震，義同，誠懇貌。

歎　平聲十四寒，去聲十五翰，義同，慨歎也。

患　平聲十五删，去聲十六諫，義同，憂也。

纏　平聲一先，去聲十七霰，義同，繞也。

燒　平聲二蕭，去聲十八嘯，義同，焚也。

敲　平聲三肴，去聲十九效，義同，叩也。

撓　平聲四豪，上聲十八巧，義同，擾也。

拕　平聲五歌，上聲二十哿，義同，曳也。

颺　平聲七陽，去聲二十三漾，義同，揚也。

瑩　平聲八庚，去聲二十五徑，義同，玉色，光潔也。

廷　平聲九青，去聲二十五徑，義同，朝廷也。

凭　平聲十蒸，去聲二十五徑，義同，倚也。

瀏　平聲十一尤，上聲二十五有，義同，水清也。

吟　平聲十二侵，去聲二十七沁，義同，呻吟也。

砭　平聲十四鹽，去聲二十九豔，義同，以石針病曰砭。

巉　平聲十五咸，上聲二十九豏，義同，險峻貌。

平仄不可通者

風　平聲一東，空氣相激而成謂之風；去聲一送，諷刺也。

縫　平聲二冬，彌補也；去聲二宋，隙也。

降　平聲三江，讀如杭，伏也；去聲三絳，音絳，自上而下謂之降。

爲　平聲四支，作也；去聲四寘，因也。

衣　平聲五微，衣服；去聲五未，著衣也。

予　平聲六魚，我也；上聲六語，與也。

鋪　平聲七虞，鋪張也；去聲七遇，店鋪也。

妻　平聲八齊，夫妻；去聲八霽，以女與人曰妻。

填　平聲十一真，壓也；去聲十二震，撫也。

聞　平聲十二文，聽也；去聲十三問，名譽也。

難　平聲十四寒，易之反；去聲十五翰，患難也。

燕 平聲一先，地名；去聲十七霰，鳥名。

調 平聲二蕭，調和也；去聲十八嘯，曲調也。

鈔 平聲三肴，繕寫也；去聲十九效，錢幣名。

號 平聲四豪，有聲無淚曰號；去聲二十號，名號也。

過 平聲五歌，經過也；去聲二十一個，過失也。

華 平聲六麻，美麗也；去聲二十二禡，山名。

長 平聲七陽，短之反；上聲二十二養，音掌，尊長也；去聲二十三漾，音尚，度長短也。

更 平聲八庚，改也；去聲二十四敬，再也。

屏 平聲九青，圍屏也；上聲二十三梗，除也，去也。

興　平聲十蒸，起也；去聲二十五徑，趣味也。

任　平聲十二侵，負擔責任曰任；去聲二十七沁，責任也。

擔　平聲十三覃，肩負曰擔；去聲二十八勘，負擔也。

占　平聲十四鹽，卜也；去聲二十九豔，佔據也。

監　平聲十五咸，察也；去聲三十陷，觀也。

前舉平仄可通用之字，雖則詩中隨意可用，然而抑揚輕重之間，仍宜細細推敲。至於不可通用之字，意義懸殊，萬不可稍有差誤，羼雜其中。學者宜將所舉之字，依仿練習四聲法，先行熟讀其音，次則詳譯其義，隨時隨地，留心辨別，不出匝月，而字之平仄，無不瞭然胸中。他若一字而兼數平聲或數仄聲者，其義亦有可通不可通之別，不妨以此類推。

三　檢查詩韻法

近人作詩，皆奉梁沈約詩韻爲標準，故平上去入四種韻目，不可不牢記胸中。但是上下平各十五韻，而上聲僅有二十九韻，去聲三十韻，入聲止十七韻而已，學者苟不明四種韻目隸合之法，則於四聲之字，何字歸入何韻，斷難分析清楚。茲爲便利學者檢查詩韻起見，特將四聲一百零六韻韻目，合成一表。俾知某字在平聲某韻者，其上去入三聲之字，即知在某某等韻。如同字在平聲一東，其上聲之動字定在一董，去聲之洞字定在一送，入聲之獨字定在一屋。以此推尋，百不失一，不必東翻西閱，而無字不可一檢即得也。表列如左：

平聲	上聲	去聲	入聲
一東	一董	一送	一屋

平聲	上聲	去聲	入聲
二冬	二腫	二宋	二沃
三江	三講	三絳	三覺
四支	四紙	四寘	四質
五微	五尾	五未	五物
六魚	六語	六御	六月
七虞	七麌	七遇	七曷
八齊	八薺	八霽	四質
九佳	九蟹	九泰十卦	八黠
十灰	十賄	十一隊	七曷
十一真	十一軫	十二震	四質
十二文	十二吻	十三問	五物
十三元	十三阮	十四願	六月
十四寒	十四旱	十五翰	七曷

平聲	上聲	去聲	入聲
十五刪	十五潸	十六諫	八黠
一先	十六銑	十七霰	九屑
二蕭	十七篠	十八嘯	十藥
三肴	十八巧	十九效	十藥
四豪	十九皓	二十號	十藥
五歌	二十哿	二十一個	六月
六麻	二十一馬	二十二禡	十一陌
七陽	二十二養	二十三漾	十藥
八庚	二十三梗	二十四敬	十一陌
九青十蒸	二十四迥	二十五徑	十二錫十三職
十一尤	二十五有	二十六宥	十一陌
十二侵	二十六寢	二十七沁	十四緝
十三覃	二十七感	二十八勘	十五合

平聲	上聲	去聲	入聲
十四鹽	二十八儉	二十九艷	十六葉
十五咸	二十九豏	三十陷	十七洽

右表將下平聲之九青十蒸併爲一韻，將去聲之九泰十卦併爲一韻，使平上去三種韻目各成二十九數，然後再將入聲十七韻就每韻中各字之聲合於平聲何韻者，亦分成二十九部，使平上去入四聲，各相隸屬，而後詩韻中無難檢之字矣。

四　通轉古韻法

作詩之韻，或可通，或可轉。通者，以本音通本音之謂，如一東之與二冬，八庚之與九青、十蒸是也。轉者，轉其聲而後通之謂，如一東之與三江、四支之與九佳是也。蓋東冬同爲舌端音，庚青蒸同爲齒頭音，其音既屬一本，故可通。東爲宮音，江爲商音，支爲徵音，佳爲商音，一宮一商，一徵一商，皆非本音。故欲通其韻，必先轉其聲乃可。但通轉之法，今韻較嚴，而古韻極寬。如一東二冬固可通，一東與三江既非本音，衹能轉韻而已，而古韻則東冬江三韻均可通。又如四支之與九佳十灰亦非本音，必轉而方通，而古韻則微齊佳灰文五韻均可通。又如上平之十一真與十二文十三元十四寒十五删及下平之一先，在今韻中萬不能通，而古韻則真文元寒删先六韻竟可通叶。又如三江之與七陽通，二蕭之與三肴四豪通，猶得謂之諧聲。若夫下平之十二侵十三覃十四鹽十五咸四韻可通，則惟古韻爲然耳。又如六魚之通七虞、八庚之通九青十蒸，古韻更數見不鮮矣。

上聲中一董二腫可通，一董二腫與三講亦可通，四紙與五尾八薺九蟹十賄可通，十一軫與十二吻十三阮十四旱十五潸十六銑可通，十七篠十八巧十九皓三韻可通，二十哿與二十一馬、二十三梗與二十四迥可通，二十六寢二十七感二十八儉三韻可通，此尤足見古韻通轉之寬也。

去聲中古韻之可通者，則有一送二宋之通三絳，四寘五未八霽之通九泰十卦十一隊，六御之通七遇，十二震之通十三問十四願十五翰十六諫十七霰，十八嘯十九效二十號之三韻相通，二十一個二十二禡之二韻相通，二十三漾二十四敬二十五徑二十六宥之四韻雖未有通轉，而二十七沁之與二十八勘二十九艶三十陷，古韻中又可通叶矣。

入聲十七韻，其中一屋與二沃三覺可通，四質與五物六月七曷八黠九屑可通，十一陌與十二錫十三職可通，古韻中所未見通轉者，祇十藥十四緝十五合十六葉十七洽之五韻耳。

古韻之可通可轉，既如上述矣。今試進而言轉韻之法，或則兩句一轉，或則四句一轉，或則六句八句一轉，蓋轉韻之句，必以雙數，不能以單數。且通篇上下，尤須銖兩勻稱，無頭輕脚重之病。即韻之平仄，亦須相間而用，如前四句押平韻後四句換仄韻之類。至於通韻之法則反是，止就韻之可通者而押之，或通體用平韻，或通體用仄韻，斷不可平仄相間而用也。

五　五律平起法五絶平起附。

五律每首八句，首句有押韻與不押韻之別。平起者首句第一第二字均爲平聲，茲先示其法於後：

平平仄仄平　（平仄）仄仄平平　（平仄）仄平平仄　平平仄仄平

○○●●○　（平仄）平平仄仄　◐○○●●

◑●●○○　（仄平）仄仄平平　◑●●○○

◑●○○●　（仄平）仄平平仄　◑●○○●

○○●●○　平平仄仄平　○○●●○

右爲五律首句押韻之平起法。○者，平聲之符號也；●者，仄聲之符號也；◑者，應用仄聲而可易平聲之符號也；◐者，應用平聲而可易仄聲之符號也。若首句不押韻，則應改爲平平平仄仄。五絕則祇有四句，依照前四句之平仄，即爲五絕首句押韻之平起法，依照後四句之平仄，即爲五絕首句不押韻之平起法。學者細細揣摩，不難收舉一反三之效。

六　五律仄起法五絕仄起附。

仄起者，首句第一第二字均爲仄聲，亦有押韻與不押韻之別。茲再示其法於下：

[平]仄仄平平　平平仄仄平　[仄]平平仄仄　[平]仄仄平平

◑●●○○　○○●●○　◐○○●●　◑●●○○

[平]仄平平仄　平平仄仄平　[仄]平平仄仄　[平]仄仄平平

◑●○○●　○○●●○　◐○○●●　◑●●○○

右爲五律首句押韻之仄起法。若首句不押韻，則改爲仄仄平平仄可也。五絕首句押韻之仄起法，即照前四句之平仄，五絕首句不押韻之仄起法，即照後四句之平仄。學者能將前兩首之平仄反復熟讀，則作五律五絕詩時，自無失調平仄之病。

七　七律平起法 七絕平起附。

七律亦每首八句，首句亦有押韻者，亦有不押韻者，以首句第二字必用平聲爲平起。茲將其法示左：

（平仄）平（仄平）仄仄平平	◐○◑●●○○
（仄平）仄平平仄仄平	◑●○○●●○
（仄平）仄（平仄）平平仄仄	◑●◐○○●●
（平仄）平（仄平）仄仄平平	◐○◑●●○○
（平仄）平（仄平）仄平平仄	◐○◑●○○●
（仄平）仄平平仄仄平	◑●○○●●○
（仄平）仄（平仄）平平仄仄	◑●◐○○●●
（平仄）平（仄平）仄仄平平	◐○◑●●○○

右爲七律首句押韻之平起法。若首句不押韻，則應改爲平平仄仄平平仄。

七絕亦祇四句，依照前半首之平仄，即爲七絕首句押韻之平起法；依照後半首之平仄，即爲七絕首句不押韻之平起法。

八　七律仄起法 七絕仄起附。

七律仄起者，首句第二字必用仄聲也。其法亦有押韻與不押韻之別。

茲再將八句之平仄表示於後：

平仄 仄 平 平 仄 仄 平
◑●○○●●○

仄平 平 平仄 仄 仄 平 平
◐○◑●●○○

仄平 平 平仄 仄 平 平 仄
◐○◑●○○●

平仄 仄 平 平 仄 仄 平
◑●○○●●○

平仄 仄 仄平 平 平 仄 仄
◑●◐○○●●

仄平 平 平仄 仄 仄 平 平
◐○◑●●○○

仄平 平 平仄 仄 平 平 仄
◐○◑●○○●

平仄 仄 平 平 仄 仄 平
◑●○○●●○

右爲七律首句押韻之仄起法。若首句不押韻，則應改爲仄仄平平平仄仄。七絶首句押韻之仄起法，即照前四句之平仄；七絶首句不押韻之仄起法，即照後四句之平仄。學者欲作七律七絶詩，須將此兩首平仄隨口念熟，則下筆之時，自然聲調穩妥，而不致有差誤也。

第二綱　對偶

九　一字屬對法

學作律詩，以對偶工穩爲最要。學習對偶之法，不外以平聲字對仄聲字，以仄聲字對平聲字，而字面則以類相從，如天類對天類，地類對地類，人類對人類，物類對物類，虛字對虛字，實字對實字。其入手初步，可先任拈一字，求其配偶，如風對雨、山對水之類。因風雨皆天類字，山水皆地類字，風與山皆平聲，雨與水皆仄聲，故均可對。但亦有一字而可兩對者，如風對雨，自是同類字之最相合者，然而亦可與地類之水字相對。又如宮對室，皮對革，皆以類相從，而宮又爲五音宮商角徵羽爲五音。徵，音止。之一，故可對角徵羽等字，革又爲八音金石絲竹匏土革木謂之八音。之一，故可對金絲匏等字。明乎此則屬對自易，而不致爲同類之字所束縛也。茲試就天地人物四類略舉其例如下：

天類

風○/雨●　日●/雲○　霜○/雪●　月●/星○　煙○/露●　霧●/霞○

雷○/電●　雹●/虹○　春○/夏●　夜●/朝○　年○/歲●　暑●/寒○

地類

山○/水●　石●/泉○　河○/井●　海●/江○　城○/市●　邑●/田○

鄉○/野●　路●/橋○　溪○/谷●　沼●/池○　波○/浪●　岸●/灘○

人類

男○/女●　祖●/孫○　妻○/子●　弟●/兄○　賓○/主●　聖●/賢○

農○／士●　死●／生○　窮○／富●　面●／心○　頭○／足●　目●／眉○

身○／手●　智●／愚○　忠○／孝●

物類

冠○／履●　帶●／衣○　珠○／玉●　斗●／升○　刀○／尺●　劍●／槍○

燈○／鏡●　帳●／簾○　茶○／酒●　草●／花○　桐○／竹●　杏●／桃○

梅○／菊●　馬●／牛○　禽○／獸●

十　二字屬對法

一字之對既習熟矣，然後增一字而爲二字對。二字之對，有兩字平行者，有兩字側串者。何謂平行？上下二字皆實字或皆形容字，如日月對虹霓、濃淡對深淺之類。何謂側串？上爲形容字而下爲實字，或上爲實字而下爲形容字，如惠風對甘雨、月瘦對雲痴之類。學者須知平行之字止可對平行，側串之字止可對側串。至平仄，則下一字須平對仄、仄對平，上一字則可平可仄，不必拘定。今再舉例如下：

天類

春○風○／夏●雨●　白●日●／青○天○　風○剪●／月●輪○　三○星○／十●雨●　煮●雪●／餐○霞○

雷○鼓●／風●鈴○　花○朝○／穀●日●　九●夏●／三○冬○　丁○年○／午●夜●　菊●月●／梅○天○

地類

山○腰○／水●腹●　蜀●道●／秦○關○　黄○浦●／赤●城○　榆○關○／梓●里●　濟●北●／淮○南○

金○井●／玉●溪○　岐○山○／渭●水●　劍●閣●／爐○峰○　西○江○／北●海●　雁●門○／鷄○澤●

人類

橋○父●／芥●孫○　荻●母●／梅○妻○　茶○神○／酒●聖●　奇○俠●／逸●民○　農○夫○／士●子●

織●女●／針○神○　紅○玉●／綠●珠○　白●眉○／黃○髮●　雲○鬟●／雪●膚○　口●禪○／牙○慧●

物類

緇○衣○／赤●舄●　衾○角●／帳●眉○　琉○璃○／琥●珀●　玉●環○／金○珥●　紅○箋○／白●簡●

棘●矢●／桑○弧○　秧○針○／稻●劍●　芍●藥●／荼○蘼○　鸚○鵡●／鷓●鴣○　吴○牛○／蜀●犬●

十一　三字屬對法

由二字對而增爲三字對，其連綴之字須要自然，不可勉强硬凑。茲試按照前例，分舉如後：

天類

風○吹○花○／日●照●樹●　月●移○欄○／雲○出●岫●　看○花○日●／鬥●草●天○

煙○初○散●／露●未●乾○

含○宿●雨●／帶●朝○霞○

嫩●霜○寒○／香○霧●濕●

桐○葉●雨●／棟●花○風○

月●滿●湖○／星○臨○户●

歌○風●曲●／詠●雪●詩○

彩●虹○垂○／晴○日●映●

清○和○月●／料●峭●天○

百●六●辰○／重○三○節●

地類

山○有●色●／水●無○聲○

水●如○煙○／濤○似●雪●

榆○塞●外●／柳●城○東○

十●二●衢○／三○千○界●

松○菊●徑●／薜●蘿○泉○

杏●花○村○／桃○葉●渡●

波○瀾○闊●／島●嶼●深○

傍●山○城○／臨○水●驛●

人類

花○君○子●／酒●聖●人○

子●象●賢○／孫○繩○武●

丸○熊○母●／挽●鹿●妻○

入●幕●賓○／升○堂○客●

彈○冠○客●／進●履●人○

赤●松○子●／黃○石●公○

穎●士●奴○／康○成○婢●　賢○避●世●／士●居○貧○　矍●鑠●翁○／逍○遙○子●

嵇○康○懶●／許●靖●貧○　氣●凌○雲○／心○捧●日●　腰○舞●柳●／舌●生○蓮○

物類

芙○蓉○帶●／薜●荔●裳○　挂●壁●冠○／尋○山○屐●　金○步●搖○／玉●條○脫●

珊○瑚○網●／琥●珀●杯○　鏤●青○筆●／飛○白●書○　流○星○矢●／偃●月●刀○

花○陰○淺●／草●色●深○　玉●關○柳●／金○井●梧○　薔○薇○露●／茉●莉●霜○

越●瓜○凉○／吳○藕●嫩●　雲○外●雁●／水●中○鷗○　喘●月●牛○／追○風○驥●

十二　四字屬對法

由三字對而增爲四字對，其法較易。茲再分類舉例於下：

天類

風○吹○檻●外● / 日●照●窗○前○
渡●口●綠●煙○ / 溪○頭○紅○雨●
春○風○舞●柳● / 夏●雨●喧○荷○

踏●雪●溪○橋○ / 迎○風○水●榭●
微○雨●淡●雲○ / 曉●風○殘○月●
有●風○伏●熱● / 無○雨●冬○晴○

地類

山○色●迎○眸○ / 水●聲○入●耳●
萬●頃●波○光○ / 千○山○雨●意●
埋○盆○作●池○ / 疊●石●成○嶂●

繞●城○水●綠● / 排○闥●山○青○
風○皺○麥●浪● / 雨●洗●松○嵐○
三○徑●苔○痕○ / 一●庭○樹●影●

人類

男○羈○女●角● / 婢●織●奴○耕○
捨●肉●貽○母● / 含○飴○弄●孫○
南○貧○北●富● / 濁●聖●清○賢○

謝●隱●東○山○ / 韓○瞻○北●斗●
才○儲○國●器● / 壽●冠●耆○英○
蘇○婦●題○圖○ / 宓●妃○贈●枕●

白●手●成○家○ / 丹○心○報●國●
舌●翻○三○寸● / 腸○蕩●九●迴○

物類

冠○裳○畢●集●／履●舄●交○加○　舞●扇●歌○衫○／耕○蓑○釣●笠●　屏○圍○芍●藥●／帳●暖●芙○蓉○

紫●雲○割●硯●／紅○雪●飛○箋○　躍●馬●橫○戈○／聞○鷄○舞●劍●　菊●泉○汲●酒●／槐○火●烹○茶○

黃○菊●吟○詩○／紫●芝○作●餌●　霜○侵○橘●熟●／雨●綻●梅○肥○　花○鳥●和○風○／草●蟲○冷●露●

狐○知○集●腋●／象●戒●焚○身○

十三　五字屬對法

五字對已成詩句，其平仄應較前稍寬。然第一第三字雖可不拘，如當用平而可以用仄，當用仄而可以用平，及平對平、仄對仄之類，而第二第四字則不可稍誤，如當用平者必須用平，當用仄者必須用仄，及平對仄、仄對平之類。此前人所以於五言近體詩有一三不論、二四分明之說。茲試舉例於後：

天類

日●照●花○如○錦● / 風○吹○柳●似●絲○
雪●尚●晴○時○積● / 星○從○曙●後●孤○
暮○煙○明○月●黯● / 殘●雨●夕●陽○收○
晴○窗○逢○穀●日● / 雨●徑●記●花○朝○

涼○風○桑○葉●岸● / 細●雨●菊●花○天○
水●高○春○雨●足● / 山●雜●夏●雲○多○
細●雨●重○陽○菊● / 和○風○上●巳●蘭○
蟬○催○殘○暑●去● / 雁●帶●早●涼○來○

地類

水●落●魚○龍○夜● / 山○空○鳥●鼠●秋○
白●水●千○層○浪● / 青○山○一●片●雲○
天●勢●迴○平○野● / 河○流○入●斷●山○
岫●石●苔○緣○緑● / 江○村○葉●落●黃○

山○昏○函○谷●雨● / 水●落●洞●庭○波○
雲○堆○山○徑●仄● / 雨●漲●石●橋○平○
江○聲○通○白●帝● / 山●勢●入●青○羌○
山○家○潛○豹●霧● / 海●國●靖●狼○煙○

人類

舊●誼●酬○賓○主● / 新○妝○拜●舅●姑○

北●漢●孤○臣○夢● / 南○陔○孝●子●心○

阮●籍●生○涯○懶● / 嵇○康○意●味●疏○

色●艷●梅○侵○額● / 毫○輕○碧●展●眉○

鷄○鳴○修○子●職● / 燕●翼●貽●孫○謀○

宦●遊○妻○子●遠● / 鄉●夢●弟●兄○多○

紅○裙○霑○越●女● / 翠●袖●醉●吴○姬○

長○貧○惟○祝●健● / 漸●老●不●禁○愁○

物類

徑●晚●紅○黏○屧● / 林○深○翠●濕●衣○

學●弈●攤○清○簟● / 看○書○照●短●檠○

野●店●人○沽○酒● / 郵○亭○客●喚●茶○

夜●宴●喧○桃○李● / 晨○遊○静●芰●荷○

彈○冠○登○仕●路● / 曳●履●伺●侯○門○

横○刀○奇○俠●傳● / 舞●劍●大●娘○行○

麥○香○吹○餅●餌● / 花●暖●賣●餳○餹○

暖○紅○烘○橘●市● / 寒●碧●濕●菱○塘○

●●○○●／○○●●○　○○○●●／●●●○○
碧水雙鷗靜／青山一鶴歸　哀聲猿入峽／渴勢驥奔泉

十四　六字屬對法

由五字對而增爲六字對，平仄之通用與不通用處，其法相同，不過造句之時，需要圓轉自如，切不可露凑合之迹。仍照前例，分舉如下：

天類

●●○○○●／○○●●●○　○●○○●●／●○●●○○
日照芸窗冬暖／風吹草閣夜寒　春冶東風旖旎／夜深北斗闌干

●●○○●●／○○●●○○　●●○○●●／○○●●○○
月落天光送曙／冰消地氣回春　樹襯殘霞畫稿／花含宿雨詩情

●●○○●●／○○●●○○　○●○○●●／●○●●○○
小院栽花剪雨／深山採藥鋤雲　槐密山莊避暑／蓼疏水國知秋

地類

○●●○●●／●○○●○○　●●○○○●／○○●●●○
春水淺藍一色／夏山濃翠千層　一點山青螺髻／三篙水綠鴨頭

日●落●江○聲○帶●濕● / 風○來○海●氣●含○腥○

窗○外●青○山○遠●繞● / 岸●邊○白●水●長○流○

人類

名○士●彈○冠○白●屋● / 鄙●夫○曳●履●朱○門○

名○重●薛●家○三○鳳● / 位●分○荀○氏●八●龍○

屋●廡●伯●鸞○夫○婦● / 池○塘○靈○運●弟●兄○

虢●公○國●之○唇○齒● / 祈○父●王○曰●爪●牙○

天●錫●汾○陽○貴●壽● / 人○稱○李●鄴●神○仙○

進●學●三○蘇○軾●轍● / 登○科○二●宋●郊○祁○

物類

草●履●山○衣○隱●逸● / 花○冠○月●帔●神○仙○

酒●客●磁○杯○竹●葉● / 詩○家○紙●帳●梅○花○

里●社●執●刀○宰●肉● / 侯○門○彈○鋏●求○魚○

赤●水●求○珠○遇●合● / 藍○田○種●玉●因○緣○

紅○蓼●丹○楓○入●畫● / 碧●梧○綠●竹●招○涼○

魚○戲●碧●擎○蓮○葉● / 蟹●肥○黃○綻●菊●花○

倦●鵲●繞●枝○知○凍● / 飛○鴻○涵○水●帶●秋○

山○黯●荒○郊○射●虎● / 水●沉○遠●渚●然○犀○

十五　七字屬對法

學習對偶，至七字爲完畢，以後則便可入手近體詩矣。至七字對之平仄，與五字對相類，如第一第三第五字可以不拘，而第二第四第六字則不可差誤。此前人所以於七言近體詩又有一三五不論、二四六分明之說。茲再舉例於左：

天類

星○稀○月●落●長○天○曉●／日●暖●風○和○大●地●春○

殘○月●曉●風○楊○柳●岸●／淡●雲○微○雨●杏●花○天○

煙○銷○皓●月●臨○江○滸●／日●出●晴○霞○亘●海●門○

雨●過●平○添○三○尺●水●／風○寒○爲●勒●一●分○花○

玉●柳●風○斜○寒○食●節●／銀○花○月●朗●上●元○宵○

桐○葉●棗●花○風○四●月●／蓼●洲●蘋○淑●露●三○秋○

地類

蒼○松○古●樹●山○家○屋●／紅○蓼●疏○花○水●國●天○

蒼○龍○半●挂●秦○川○雨●／石●馬●長○嘶○漢●苑●風○

山○徑●煙○濃○迷○棧●道●／海●潮○雨●急●蕩●樓○船○

雲○邊○路●繞●巴○山○色●／樹●裏●河○流○漢●水●聲○

帝●京○西○望●詩○吟○杜●／王○室●東●遷○政●失●周○

曉●月●征○夫○催○野●渡●／秋○風○謫●宦●夢●鄉○關○

人類

孫○子●曾○玄○分○族●譜●／舅●甥○伯●叔●列●封○圻○

耕○田○冀●缺●妻○能○饁●／下●第●蘇○秦○嫂●不●炊○

逢●友●鞠●躬○雙○握●手●／呼○朋○促●膝●兩●談○心○

天○鍾○異●遇●唐○三○俠●／世●縱●清○談○晋●七●賢○

晚●風○鼓●急●喧○紅○玉●／秋○雨●樓○空○感●綠●珠○

老●來○歲●月●看●腰○脚●／身○外●雲○霄○付●羽●毛○

物類

衣○冠○濟●楚●威○儀○美●／杖●履●優○遊○歲●月●閑○

山○衣○草●履●淵○明○趣●／緩●帶●輕○裘○叔●子●裝○

寶●鼎●添○香○紅○袖●女●／珠○簾○説●偈●雪●衣○娘○

花○磚○畫●永●分○簪○筆●／畫●燭●宵○涼○快●讀●書○

紅○飛○簾○外●花○頻○落●／綠●映●窗○前○草●不●除○

雙○鬢●秋○霜○留○菊●傲●／滿●身○夜●月●納●荷○涼○

林○鴉○落●日●紅○三○面●／野●鶴●閑○雲○白●一●行○

殘○堞●草●萊○嘶○石●馬●／故●宮○荊○棘●訪●銅○駝○

第三綱　字句

十六　研究鍊字法

學習對偶，即爲作詩之預備。然對偶雖工，苟不知鍊字之法，則易犯渙散之病，全句精采，無由而見。前人所以有吟成五個字、用盡一身心，及吟成一個字、撚斷數莖髭等說，可見鍊字之難，實爲學詩者最切要之工夫。不論五言七言，或一句中鍊一字，或一句中鍊兩字，下筆之時，須要加意推敲。茲試略舉各例於後，句旁有◉者，即爲所鍊字之符號也。

五言鍊第二字

海暗◉三山雨／花明◉五嶺春　竹喧◉歸浣女／蓮動◉下漁舟

花妥◉鶯捎蝶／溪喧◉獺趁魚　氣蒸◉雲夢澤／波撼◉岳陽城

五言鍊第三字

山勢雄◉三輔／關門扼◉九州

泉聲咽危◉石／日色冷◉青松

江月隨◉人影／山花趁◉馬蹄

青山横◉北郭／白水繞◉東城

五言鍊第五字

曉月臨窗近◉／天河入户低◉

草生公府静◉／花落訟庭閑◉

香霧雲鬟濕◉／清輝玉臂寒◉

翠屏千仞合◉／丹嶂五丁開◉

五言鍊第二第五字

溪冷◉泉聲苦◉／山空◉木葉乾◉

潮平◉兩岸闊◉／風正◉一帆懸◉

日落◉江湖白◉／潮來◉天地青◉

草枯◉鷹眼疾◉／雪盡◉馬蹄輕◉

七言鍊第二字

山入◉白樓沙苑暮/潮生◉滄海野塘春

日斜◉江上孤帆影/草緑◉湖南萬里情

路繞◉寒山人獨去/月臨◉秋水雁空驚

燕知◉社日辭巢去/菊爲◉重陽冒雨開

七言鍊第五字

花徑不曾緣◉客掃/蓬門今始爲◉君開

江間波浪兼◉天涌/塞上風雲接◉地陰

疲馬山中愁◉日晚/孤舟江上畏◉春寒

珠簾綉柱圍◉黄鵠/錦纜牙檣起◉白鷗

七言鍊第七字

春水船如天上坐◉/老年花似霧中看◉
青楓江上孤帆遠◉/白帝城邊古木疏◉
三顧頻煩天下計◉/兩朝開濟老臣心◉
匡衡抗疏功名薄◉/劉向傳經心事違◉

七言鍊第二第五字

雪◉霽山門迎◉瑞日/雲◉開水殿候◉飛龍
魚◉含月影隨◉雲動/鳥◉吐花聲寄◉樹閑
永◉憶江湖歸◉白髮/欲◉回天地入◉扁舟
湖◉添水際消◉殘雪/江◉送潮頭涌◉漫波

十七　研究造句法

積字而成句，積句而成詩。句之妥洽與否，詩之工拙判焉。故欲學作詩，必先學造句。造句之法，不僅屬對工整、鍊字穩妥而已，必使全句輕靈流動、絶不板滞方佳。至於唐人詩句，各有勝處，苟非勤於習誦，斷不能摹仿其萬一。茲將五言七言之種種句法，略舉於下：

五言上一下四字句

犬迎曾宿客／鴉護落巢兒　青惜峰巒過／黄知橘柚來

緑奔川内水／紅落過墻花　地猶鄹氏邑／宅即魯王宫

五言上二下三字句

野人相問姓／山鳥自呼名　正有高堂宴／能忘遲暮心

晚凉看洗馬／森木亂鳴蟬　客路青山下／行舟緑水前

五言上三下二字句

松風吹◉解帶/山月照◉彈琴　夜郎溪◉日暖/白帝峽◉風寒

五言上四下一字句

曉月臨窗◉近/天河入户◉低　薜蘿山徑◉入/荷芰水亭◉開

山從人面◉起/雲傍馬頭◉生　風連西極◉動/月過北庭◉寒

五言一句三頓折句

塵中◉老◉盡力/歲晚◉病◉傷心　人煙◉寒◉橘柚/秋色◉老◉梧桐

七言上一下六字句

花◉迎劍佩星初落/柳◉拂旌旗露未乾

山◉動將崩未崩石/松◉浮欲盡不盡雲

七言上二下五字句

有時◉三點兩點雨／到處◉十枝九枝花

朝罷◉香煙携滿袖／詩成◉珠玉在揮毫

七言上三下四字句

夢兒亭◉古傳名謝／教妓樓◉新道姓蘇

漁人網◉集寒潭下／估客舟◉隨夜照來

七言上四下三字句

武帝祠前◉雲欲散／仙人掌上◉雨初晴

晴川歷歷◉漢陽樹／芳草萋萋◉鸚鵡洲

七言上五下二字句

青山衹解磨◉今古／流水何曾洗◉是非

五更鼓角聲◉悲壯／三峽星河影◉動搖

七言一句三頓折句

盤飧◉市遠◉無兼味／樽酒◉家貧◉衹舊醅

含風◉翠壁◉孤雲納／背日◉丹楓◉萬木稠

十八　研究點眼法

作詩點眼，猶之畫龍點睛。詩無眼則佳處不見，龍無睛則神采皆失。故學詩者既知鍊字造句矣，又不可不知點眼之法。眼要挺要響，用實字則挺，用動字則響。全在下筆之時，細細揣摩。五言詩之點眼在第三字，七言詩之點眼在第五字。茲亦用◉之符號加於每句點眼字旁，俾學者一望而知。舉例如左：

五言點實字眼

山店雲◉迎客／江村犬◉吠船　緑垂風◉折笋／紅綻雨◉肥梅

野徑雲◉俱黑／江船火◉獨明　感時花◉濺淚／恨別鳥◉驚心

五言點動字眼

日氣含◉殘雨／雲陰送◉晚雷　撥雲尋◉古道／倚石聽◉流泉

楊柳梳◉煙碧／茶蘼架◉雪香　白沙留◉月色／緑竹助◉秋聲

七言點實字眼

纔是寢園春◉薦後／非關御苑鳥◉銜残

風傳鼓角霜◉侵戰／雲捲笙歌月◉上樓

楊柳風多潮◉未落／蒹葭霜冷雁◉初飛

東巖月在僧◉初定／南浦花殘客◉未回

七言點動字眼

金闕曉鐘開◉萬户／玉階仙仗擁◉千官

波漂菰米沈◉雲黑／露冷蓮房墜◉粉紅

平地風煙橫◉白鳥／半山雲木捲◉蒼藤

鶯傳舊語嬌◉春日／花整晨妝對◉曉風

十九　指示正格法

五言律絕與七言律絕均有平起仄起，及押韻不押韻之別，前已詳言之矣。然其中又有三法，一曰反，如上句係平平起而下句係仄仄起，上句係仄仄起而下句係平平起是也。一曰黏，如上句係平平起而下句亦平平起，上句係仄仄起而下句亦仄仄起是也。一曰應，如五言首句押韻者，爲仄仄仄平平或平平仄仄平，七言首句押韻者，爲仄仄平平仄仄平或平平仄仄仄平平，而末句之平仄與首句相同是也。凡合乎此等平仄者，皆謂之正格。

兹將《唐詩三百首》中選録五言律絶、七言律絶各二首於下：

山居秋暝

王維

空山新雨後，天氣晚來秋。明月松間照，清泉石上流。

竹喧歸浣女，蓮動下漁舟。隨意尋芳歇，王孫自可留。

右爲五律之合於平起者。

渡荊門送別

李白

渡遠荊門外，來從楚國遊。山隨平野盡，江入大荒流。

月下飛天鏡，雲生結海樓。仍憐故鄉水，萬里送行舟。

右爲五律之合於仄起者。

聽箏 李端

鳴箏金粟柱，素手玉房前。

欲得周郎顧，時時誤拂弦。

右爲五絶之合於平起者。

登鸛雀樓 王之渙

白日依山盡，黃河入海流。

欲窮千里目，更上一層樓。

右爲五絕之合於仄起者。

望薊門　祖詠

◑○●●●○(○○)，◑●○○●●(○○)
燕臺一去客心驚，笳鼓喧喧漢將營。
●●○○○●(●○)，○○●●●○(○○)
萬里寒光生積雪，三邊曙色動危旌。
○○◑●○○(●○)，●●○○◑●(○○)
沙場烽火侵胡月，海畔雲山擁薊城。
●●○○○●(●○)，◐○◑●●○(○○)
少小雖非投筆吏，論功還欲請長纓。

右爲七律之合於平起者。

蜀相　杜甫

◑●○○◑●(○○)，◑○◑●●○(○○)
丞相祠堂何處尋，錦官城外柏森森。
◐○●●◐○(●○)，●●○○◑●(○○)
映階碧草自春色，隔葉黃鸝空好音。

三顧頻煩天下計，兩朝開濟老臣心。
出師未捷身先死，長使英雄淚滿襟。

右爲七律之合於仄起者。

泊秦淮　杜牧

煙籠寒水月籠沙，夜泊秦淮近酒家。
商女不知亡國恨，隔江猶唱後庭花。

右爲七絕之合於平起者。

賈生　李商隱

宣室求賢訪逐臣，賈生才調更無倫。
可憐夜半虛前席，不問蒼生問鬼神。

右爲七絶之合於仄起者。

二十　指示拗句法

昔人談詩，有一三五不論、二四六分明之説。所謂不論者，蓋言五言律絶中之第一第三字、七言律絶中之第一第三第五字平仄可以通用，非可任意爲之，而不必講究也。今人誤作不拘之解，則爲害匪淺。而不知五言律絶中之第一字或可用，其第三字則萬不能通用，七言律絶中之第一第三字或可通用，其第五字則萬不能通用。且如五言律絶中之平平仄仄平句，即第一字亦不能通用，又如七言律絶中之仄仄平平仄仄平句，即第三字亦不能通用。此等不論平仄之句，謂之拗句。前人非學到功深、神而明之者，斷不出此。兹試將唐詩中拗句之最奇特者，選録一首如左：

黃鶴樓

崔顥

昔人已乘黃鶴去，此地空餘黃鶴樓。
黃鶴一去不復返，白雲千載空悠悠。
晴川歷歷漢陽樹，芳草萋萋鸚鵡洲。
日暮鄉關何處是，煙波江上使人愁。

二一　指示變體法

五言七言句之近體詩，不論平起仄起，均有一定不易之例。見前五律七律平起仄起各法。反是者即謂之變體。變體之詩出於作者一時之差誤，要不可認爲定格。茲特選録唐詩中七律七絕之變體各一首，俾初學作詩者不致輕蹈此病也。

登金陵鳳凰臺

李白

鳳凰臺上鳳凰遊，鳳去臺空江自流。
吳宮花草埋幽徑，晉代衣冠成古丘。
三山半落青天外，二水中分白鷺洲。
總爲浮雲能蔽日，長安不見使人愁。

右詩第一聯與第二聯之平仄重複，名曰順風調，爲七律中之變體也。

贈別

王維

渭城朝雨浥輕塵，客舍青青柳色新。
勸君更盡一杯酒，西出陽關無故人。

右詩第三句之平仄與第二句應黏而反，是爲七絕中之變體也。

第四綱　章法

二二　起筆突兀法

作詩起筆，有明起、暗起、陪起、反起之别。明起者，開口即就題之正意説起，雖明見題字，然不得謂之罵題。暗起者，不就題面説而題意自見。陪起者，先借他物説起以引申所詠之物。反起者，不説題之正面而先從題之反面着筆。學者明此諸法，起筆時尤以來勢突兀爲勝，若一涉平淡，便覺句法不挺矣。兹録唐詩得力在起兩句之一首於下，以便學詩者有所取法焉。

和晋陵陸丞相早春遊望以下五律　杜審言

獨有宦遊人，偏驚物候新。雲霞出海曙，梅柳渡江春。

淑氣催黃鳥，晴光轉緑蘋。忽聞歌古調，歸思欲沾巾。

右詩首句拈出『獨有』二字，次句便以『驚』字作襯，有登高一呼之概。

二三　承筆銜接法

律詩以第二聯爲承筆，或寫意，或寫景，要與上聯起筆銜接，不可鬆泛。起筆一聯，僅渾括大概。點醒題意，全在此聯，且須留有餘不盡之意，以開下文轉筆一聯。茲録唐詩中第二聯最警切之一首，以饗讀者，俾知醒題之法也。

軍中聞笛　張巡

岧嶢試一臨，虜騎附城陰。不辨風塵色，安知天地心。
門閑邊月近，戰苦陣雲深。旦夕更樓上，遙聞橫笛聲。

右詩第三、四句寫軍中情狀，緊接上句看見虜騎之悲感，而全題之用意醒矣。

二四　轉筆呼應法

轉者，就承筆之意，轉捩以言之也。其法有三：一、進一層轉，二、推一層轉，三、反轉，總以能與前後相呼應，活而不板者爲佳。唐詩之注重轉筆而上下一氣者，當推杜甫《春望》一首。兹特選録於下，非學到功深者，斷難揣摩其萬一。

春望

杜甫

國破山河在，城春草木深。感時花濺淚，恨別鳥驚心。

烽火連三月，家書抵萬金。白頭搔更短，渾欲不勝簪。

右詩第五句言兵禍之久，第六句言鄉信之重，是全詩最着力處，而與首句寫亂後景象、末句自傷衰老通體均相應也。

二五　合筆結束法

合者，結束全詩，俾有下落也。或開一步，或放一句，總以言有盡而意無窮者爲佳構。唐詩中合筆之足以驚人而傳誦一時者，首推劉禹錫之《蜀先主廟》詩。兹亦照録於後，以爲學者之模範。

蜀先主廟　劉禹錫

天地英雄氣，千秋尚凜然。勢分三足鼎，業復五銖錢。
得相能開國，生兒不象賢。凄涼蜀故妓，來舞魏宮前。

右詩結句言蜀妓凄涼，不言蜀滅，而蜀滅之意自在其中，以此結束全題，真覺餘韻悠然，有縹緲欲仙之致。

二六　因人述事法

作詩所以傳人，非傳其人，傳其事也。但記述事情，須寫得雄壯而不寒酸，方見其人身份之大、志氣之高。此種筆致，不可多得。茲特選録唐詩一首於左：

送李中丞歸漢陽別業

劉長卿

流落征南將，曾驅十萬師。罷歸無舊業，老去戀明時。
獨立三邊静，輕生一劍知。茫茫江漢上，日暮欲何之。

右詩第一聯倒寫盛時，第三聯一句寫其舊功，一句寫其壯志。明雖述事，而其人則因此傳矣。

二七　因地記遊法

記遊之詩，或述山川，或詳風土，宜翔實而不浮泛，宜灑脱而不黏附，方爲上乘。此種記述之法，唐詩中以李白《送友人入蜀》一首爲最佳。特録如下：

送友人入蜀

李白

見説蠶叢路，崎嶇不易行。山從人面起，雲傍馬頭生。
芳樹籠秦棧，春流繞蜀城。升沈應已定，不必訪君平。

右詩第二聯，一句寫對面，一句寫旁邊，第三聯一句寫陸，一句寫水，句句是記地，却句句是記遊，洵爲詩之入乎化境者。

二八　因時點景法

四時之景不同，故詩家點景之法亦不同。但以冬夏二時之景與春秋二時之景相較，則冬夏自然較少。而以夏令之景與冬令之景相較，則尤以夏令爲少。《唐詩三百首》中，惟杜審言《夏日過鄭七山齋》一詩，寫得極幽雅，極淡遠，可爲夏日點景詩之傑構。茲特摘録於後：

夏日過鄭七山齋　杜審言

共有樽中好，言尋谷口來。薜蘿山徑入，荷芰水亭開。
日氣含殘雨，雲陰送晚雷。洛陽鐘鼓至，車馬繫遲迴。

右詩第三句寫薜蘿，第四句寫荷芰，都是點綴夏景。第五句寫日寫雨，第六句寫雲寫雷，而夏日晚景如在畫圖中矣。

二九　因境抒情法

詩情皆由境而生，詩境即詩情也。作此等詩不可太拘，太拘則滯；不可太渾，太渾則虛。須要來龍去脈，一氣相生，方足以見詩情之真切。茲就《唐詩三百首》中選録一首於下：

過故人莊

孟浩然

故人具鷄黍，邀我至田家。綠樹村邊合，青山郭外斜。
開軒面場圃，把酒話桑麻。待到重陽日，還來就菊花。

右詩『田家』二字，爲通體之眼，所謂詩境也。第二聯是寫莊外之境，第三聯是寫莊中之境，至於『合』『斜』『面』『話』等字，皆詩情也。

三十　起句相對法

絶詩祇有四句，作五絶詩，祇有二十字。苟不知鍊句之法，則一寫已盡，何能發揮題之真義乎？茲特選録唐詩中五絶之起句相對者一首於下，學者宜將所鍊之句，熟讀而細玩之。

逢雪宿芙蓉山主人以下五絶　劉長卿

日暮蒼山遠，天寒白屋貧。柴門聞犬吠，風雪夜歸人。

右詩之第一、第二句，寫將雪之兆，第三句寫山家形景，直至末句方點出『雪』字，而寄宿之意，已盡在其中矣。

三一　收句相對法

五絶收句是全題最扼重處，宜清勁淡遠，有餘音不絶之概。若用對句，則字字有力，全詩便覺挺而且響矣。茲就唐詩中選録一首於後，學者可依此摹仿也。

宿建德江　孟浩然

移舟泊煙渚，日暮客愁新。野曠天低樹，江清月近人。

右詩第一句寫地，第二句寫時，題中宿意已明。第三句寫岸上之景，第四句寫水中之景，江流如畫，情景逼真。

三二　通體拗句法

拗句之詩，不論平仄，較諧平仄者爲難。前已指示此法，並舉七律一首爲例。而五絶則句短字少，更不能輕易著筆。且亦須有曲折、有寄托，方爲合法。唐詩五絶中通體用拗句者，數見不鮮，惟劉長卿《彈琴》一首，餘味深長，真令人百讀不厭。玆録如左，以備學詩者之一格。

彈琴　劉長卿

泠泠七弦上，靜聽松風寒。古調雖自愛，今人多不彈。

右詩第一句就題面暗起，第二句拍到琴調，第三句承上作轉，第四句明點『彈』字。而言外有世無知音之嘆，全詩之主意在此。

三三　通體仄韻法

五絶詩用仄韻，較之押平韻者，尤覺清勁古樸，故唐人多喜用之。茲録柳宗元《江雪》一首於左，真五絶中之傑作也。

江雪　柳宗元

千山鳥飛絶，萬徑人蹤滅。孤舟蓑笠翁，獨釣寒江雪。

右詩第一、二兩句暗點題意，第三句寫江邊之景，第四句方點出『江雪』二字。所用『絶』『滅』等字，何等有力！

三四　通體寫情法

寫情之詩，宜曲折、宜圓到，不可徒飾外觀，而真意全未達出。蓋寫情難於寫景，非善於言情者，必不足以達之。今特選録唐詩中通體寫情之詩一首，學者可奉爲金科玉律也。

客至　杜甫

舍南舍北皆春水，但見群鷗日日來。
花徑不曾緣客掃，蓬門今始爲君開。
盤飧市遠無兼味，樽酒家貧祇舊醅。
肯與鄰翁相對飲，隔籬呼取盡餘杯。

右詩第一聯以鷗來引客至，而第二聯一句縱、一句擒，是正寫客至也。

第三聯寫款客之情，第四聯想到鄰翁作陪。情外有情，的是寫情聖手。

三五　通體寫景法

寫景之詩，貴有層次、有結束，否則疊床架屋，徒見其鋪排，而索然無味耳。初學作詩者，每易蹈此弊病。茲特就《唐詩三百首》中選録通體寫景之詩一首，俾學者有所取資焉。

和賈至舍人早朝大明宫之作

岑參

鷄鳴紫陌曙光寒，鶯囀皇州春色闌。
金闕曉鐘開萬户，玉階仙杖擁千官。
花迎劍佩星初落，柳拂旌旗露未乾。
獨有鳳凰池上客，陽春一曲和皆難。

右詩全在『早朝』二字寫景。首聯一句寫出門，一句寫到城，早朝之意已現。第二聯一句寫近殿未朝時，一句寫到殿已朝時。第三聯寫早朝早退之景，層次何等井然。末聯纔拍到和詩本意，以此結束，饒有趣味。

三六　分寫情景法

寫情宜纏綿悱惻，寫景宜蘊藉冲和，二者兼而有之，寫來又須分明，方堪推爲絕唱。《唐詩三百首》中合乎此等作法者，當以杜甫《登高》一詩爲最。今録如下，學者宜細細玩之。

登高　杜甫

風急天高猿嘯哀，渚清沙白鳥飛迴。
無邊落木蕭蕭下，不盡長江滾滾來。

萬里悲秋常作客，百年多病獨登臺。
艱難苦恨繁霜鬢，潦倒新亭濁酒杯。

右詩第一句寫山中所聞，第二句寫水上所見，第三句承第一句之『風急』，第四句承第二句之『渚清』，是寫景也。第五、第六句寫登高感觸之情，一句横説，一句竪説；第七句頂第五句之『作客』，第八句頂第六句之『多病』，是寫情也。章法句法雖分，而仍完密異常。

三七　合寫情景法

情景分寫之詩，既見上述矣。然或景中有情，或情中有景，不能分寫，祇能合寫者，雖則渾括一氣，而仍須分析清楚。兹特就唐詩中選録一首於左，學者不可不悉心體會也。

登柳州城樓寄漳汀封連四州刺史

柳宗元

城上高樓接大荒，海天愁思正茫茫。
驚風亂颭芙蓉水，密雨斜侵薜荔墻。
嶺樹重遮千里目，江流曲似九迴腸。
共來百粤文身地，尤是音書滯一鄉。

右詩首句從登樓説起，第二句便含寄四州刺史意，第三句寫水，第四句寫陸，所謂景中有情也。第五句言陸路望四州不見，第六句言水路思四州無已，末兩句揭清寄四州刺史本意，所謂情中有景也。寫來亦融洽，亦分明，誠爲情景兼到之作也。

三八　明詠物情法

何謂明詠？起句既點醒題面，以下句句明寫是也。詠物之詩，最忌浮泛或俚俗，須以切實幽雅爲佳。唐詩中杜甫《黑鷹》一首，爲明詠物情之傑作，今特摘録如下，學者宜反覆而玩誦之。

黑鷹 杜甫

黑鷹不省人間有，渡海疑從北極來。
正翮摶風超紫塞，玄冬幾夜宿陽臺。
虞羅自覺虛施巧，春雁同歸必見猜。
萬里寒空衹一日，金眸玉爪不凡材。

右詩起句就點出黑鷹，所謂明詠也。第二句北極是黑，第三句以『紫』字映『黑』字，第四句『玄冬』亦是黑。第五句虛寫，第六句實寫。末句以

『金』『玉』二字再襯『黑』字，而黑鷹之體格躍然紙上矣。

三九　暗詠物情法

何謂暗詠？通體不點破題面，而但渾寫物情是也。然須有曲筆以達之，有深意以襯之。使人不見此題，一望而知便是此題，方爲合格。唐詩中鄭谷《鷓鴣》一首，最合暗詠物情之法，爰録於後，以資揣摩。

鷓鴣　鄭谷

暖戲煙蕪錦翼齊，品流應得近山鷄。
雨昏青草湖邊過，花落黃陵廟裏啼。
遊子乍聞征袖濕，佳人纔唱翠眉低。
相呼相喚湘江曲，苦竹叢生春日西。

右詩第一句寫鷓鴣之形，第二句寫鷓鴣之品。第三句言見其過，第四句言聞其啼。第五、第六句從『啼』字生出遊子佳人兩意，感人極深。末兩句爲鷓鴣寫照，却到底無『鷓鴣』題字，此境非常人所能學到也。

四十　撫今懷古法

過去爲古，現在爲今，即古即今，亦今亦古，此等詩須寫得又纏綿又感慨，使人讀之有俯仰古今、悠然神往之慨，方爲上乘。茲特選録唐詩七律一首於下，俾學者可以玩索也。

至日遣興奉寄北省舊閣老兩院故人　杜甫

憶昨逍遥供奉班，去年今日侍龍顔。
麒麟不動爐煙上，孔雀徐開扇影還。

玉几由來天北極，朱衣衹在殿中間。
孤臣此日腸堪斷，愁對寒雲雪滿山。

右詩首聯從去年説起，而著力全在一『憶』字。第二聯追述去年朝儀之盛，第三聯一句是虛寫，一句是實寫。末聯方拍到此日，由今懷古，無限淒凉。

四一　寓意托興法

寓意托興之詩，用筆貴委曲而不率直，立意貴幽遠而不淺近。明知所遇之景物與所蓄之意興兩不相關，而一經感觸，便當息息相通。兹特就唐詩中擇録合乎此法者之一首於左，學者可以意會得之。

曲江對雨

杜甫

城上春雲覆苑墻，江亭晚色静年芳。
林花著雨胭脂濕，水荇牽風翠帶長。
龍武新軍深駐輦，芙蓉别殿漫焚香。
何時詔此金錢會，暫醉佳人錦瑟傍。

右詩前半首寫江上雨景，後半首寫南内凄凉。末句借佳人作結，令人無限低徊。

四二　頌中寓諷法

婉而多諷，詩人忠厚之道也。後世阿諛之風日甚，作詩者但知獻媚避忌，而詩之品格，亦每况愈下矣。兹特選録唐詩中張謂之《杜侍御送貢物戲贈》一首，深情微旨，亦婉亦嚴，深得三百篇之遺意也。

杜侍御送貢物戲贈　張謂

銅柱珠崖道路難，伏波橫海舊登壇。
越人自貢珊瑚樹，漢使徒勞獬豸冠。
疲馬山中愁日晚，孤舟江上畏春寒。
由來此貨稱難得，多恐君王不忍看。

右詩起句言道路之遠，第二句言產物之地。第三句折入『貢』字，第四句寫一『勞』字，而諷意已寓乎其中。第五、第六句正寫路遠送物之苦，結句『不忍看』三字，古人所謂婉而多諷，誦不忘規者，庶幾近之。

四三　褒中有刺法

一詩之中，或褒或刺，豈非自相矛盾？不知所謂褒者，或褒其人之勛績，或褒其人之際遇。所謂刺者，或刺朝廷之昏亂，或刺時勢之難爲。兹特録唐詩中李郢之《上裴晋公》一首，雖則寓刺於褒，實則褒自褒而刺自刺，讀者不可不辨别也。

上裴晋公

李郢

四朝憂國鬢成絲，龍馬精神海鶴姿。
天上玉書傳詔夜，陣前金甲受降時。
曾經庾亮三秋月，下盡羊曇兩路棋。
惆悵舊堂扃緑野，夕陽無限鳥飛遲。

右詩首聯直寫晋公，第二聯褒其功，第三聯褒其度，末聯刺朝廷不用老臣。語意仍含蓄不露，不愧詩中老手。

四四　參間虛實法

詠物之詩，須要虛實相間。不有虛筆，即無靈氣；不有實筆，即無真意。但虛則不可空泛，實又不可呆滯。此法在唐詩中當推杜牧《早雁》一首爲最佳。今録如下，學者可奉爲規矩矣。

早雁　杜牧

金河秋半虜弦開，雲外驚飛四散哀。
仙掌月明孤影過，長門燈暗數聲來。
須知胡騎紛紛在，豈逐春風一一回。
莫厭瀟湘少人處，水多菰米岸莓苔。

右詩起二句但言雁來，第三句言影，第四句言聲，是謂寫實法。第五句借胡騎作陪，第六句以春風作襯，是謂虛寫法。結句暗寫雁去，而『早』字之意已見，真是神來之筆也。

四五　判别深淺法

作詩須有層次，而用於詠情之詩，尤當由淺入深，層層推進，方與格律相合。否則雜亂成章，徒見其枝枝節節也。茲録唐詩中李頎《送魏萬之京》一首，上下一氣呵成，有悠然不盡之趣，非善於言情者不辦。

送魏萬之京

李頎

朝聞遊子唱離歌，昨夜微霜初渡河。
鴻雁不堪愁裏聽，雲山况是客中過。
關城樹色催寒近，御苑砧聲向晚多。

莫見長安行樂處，空令歲月易蹉跎。

右詩起句即點明送別之意，第二句寫秋景，第三句言路中所聞，第四句言路中所見，是淺一層。第五句言入關時所見，第六句言到京後所聞，是深一層。末兩句長安二句，點明之京。而良友箴規之意，妙在言外得之。

四六　順點題面法

題面之字，最好不順點，順點則非落於平，即近於板。《唐詩三百首》中，惟張旭《桃花溪》詩一絶，雖則題面三字順次點出，然而宛轉赴題，並不見其率直之弊。兹録如下，讀者亦可舉以學步也。

桃花溪　張旭

隱隱飛橋隔野煙，石磯西畔問漁船。

桃花盡日隨流水，洞在清溪何處邊。

右詩起句寫溪畔遠景，第二句借漁船一問，通體便覺靈動異常。第三句點明桃花，頂上句『問』字之意；第四句點明『溪』字，仍應『問』字口吻，妙在有悠然不盡之趣。

四七　反托題意法

詩有題之正面難寫者，不得不於反面求之，蓋從反面托出，較之正面，意味倍深也。唐詩中能合此法者，當推王維《九月九日憶山東兄弟》一首。今録於左，學者最宜摹仿也。

九月九日憶山東兄弟

王維

獨在異鄉爲異客，每逢佳節倍思親。

遥知兄弟登高處，遍插茱萸少一人。

右詩題意全在一『憶』字。首句言作客異鄉，便含『憶』字之意。第二句『思親』二字，『憶』字已暗暗點明。第三、四句從對面兄弟憶己，反托己之憶兄弟，詩境真出神入化矣。

四八　側襯題意法

題意有不能從正面直寫者，須從側面以襯筆寫之。或用人襯，或用物襯，要必用之得法。兹擇唐詩中王昌齡之《春宫曲》一絶摘録於後，學者不可不細細體會也。

春宫曲

王昌齡

昨夜風開露井桃，未央前殿月輪高。

平陽歌舞新承寵，簾外春寒賜錦袍。

右詩着力全在第三句，所謂用人作襯也。第一句言桃開，藉喻新寵；第二句言月輪，承上『夜』字；第三、四句言平陽有寵，而已之失寵，盡在言外也。

四九　空翻題意法

作詩實寫則易落板滯，空翻則自見靈動。翻騰之勢愈空，題中之意愈透。但不能一味空翻，與題絕不相關，而近於浮泛也。唐詩中韓愈《春雪》一首，可謂極空翻之能事矣。兹録如左，以餉學者。

春雪　　韓愈

新年都未有芳華，二月初驚見草芽。

白雪却嫌春色晚，故穿庭樹作飛花。

右詩第一句從『春』字着意翻起，何等飄逸；第二句點醒『春』字之意，第三、四句摶成一氣，苟非起處蓄勢翻空，收處之題意，何能有如是之清醒耶？

五十　借物興感法

作詩隨地可以興感，然非借物不可。借物則飄逸而不黏滯，超脱而不膚泛。唐詩中王昌齡之《長信怨》即爲借物興感之一。兹録如下，學者得此，宜熟讀而深思之。

長信怨

王昌齡

奉帚平明金殿開，且將團扇共徘徊。

玉顔不及寒鴉色，猶帶昭陽日影來。

右詩起句寫宫中曉景，第二句借團扇喻己之失寵，第三句借鴉來反襯自己，第四句借鴉之帶日反托己之失寵。皆所謂借物興感也，而『怨』字之意，却含蓄不露，情致何等宛轉。

五一 觸景生情法

景無一定，情亦無一定，故觸景可以生情。作此等詩，下筆須要靈活，不脱不黏，方爲上乘。兹録唐詩中王昌齡之《閨怨》一絶，雋快絶倫，真妙到毫巔之作也。

閨怨

王昌齡

閨中少婦不知愁，春日凝妝上翠樓。

忽見陌頭楊柳色，悔教夫婿覓封侯。

右詩首句從閨婦説起，「不知愁」三字正爲轉句作逼勢，第二句承上「不知愁」來。第三句轉出「忽見」二字，正是觸景生情之法。末句勒到「怨」字，餘味深長。

五二　首尾相貫法

一詩之中，或有寄托，或有刻劃，往往不能一氣相生，初學作詩，尤易蹈此弊病。唐詩中惟司空曙《江村即事》一首，首尾一意相貫，精神異常飽滿。今録如下，學者能解此法，則於作詩之道，思過半矣。

江村即事　　司空曙

罷釣歸來不繫船，江村月落正堪眠。

縱然一夜風飄去，衹在蘆花淺水邊。

右詩着眼全在『不繫船』三字，故起句即提出正意，第二句點明江村，第三句一開，第四句一合，而『不繫船』三字之意便首尾相貫矣。

五三　前後相應法

作詩須有來龍去脈，起筆收筆，前後呼應，方爲合格。且須層次分明，何處從題前着想，何處從題後下筆，一氣寫來，自然語語入神。唐詩中能解此法者，當推岑參《逢入京使》一首。爰録於左，俾學者可以得此而自悟也。

逢入京使

岑參

故園東望路漫漫，雙袖龍鍾淚不乾。

馬上相逢無紙筆，憑君傳語報平安。

右詩起兩句是題之前一層，第三句點明『逢』字正意，末句是題之後一層。立意既警策，措語又極懇摯，固不僅以層次勝也。

第五綱　規則

五四　考訂四則法

何謂四則？一曰字，二曰句，三曰格，四曰法是也。學詩之有四則，猶大匠之有規矩。因規以成圓，因矩以成方，是萬古不易之常道。作詩亦何獨不然？否則爲拗句，爲變體，不得謂之正格矣。故學者須先明四則，然後乃有進步。而文人學士，雖具出類拔萃之才智，亦斷難越此範圍焉。今試分析言之如下。

字：詩中用字，一毫不可苟且，倘一字不雅，則一句不工，一句不工，則全詩皆廢矣。故字貴圓活善用，如轉樞機，清新自然，如瞻佩玉。

句：作詩最重句法，一句不妥，則全詩皆弱，一句不鍊，則全詩皆渙。

蓋以一詩之中，妙在一句爲詩之根本，根本不凡，則枝葉自茂。故欲全詩有精采，句法不可不講究也。

格：詩之品格有九。曰高，曰古，曰深，曰遠，曰長，曰雄渾，曰飄逸，曰悲壯，曰淒婉。學詩第一要義，詩格須求高尚，所謂以漢、魏、晋、盛唐爲師，不作開元、天寶以下人物是也。若念頭一差，勢必愈鶩愈遠。故曰取法乎上，僅得其中；取法乎中，斯爲下矣。

法：作詩之法，不論律絶，先須除去五俗。一除俗體，二除俗意，三除俗句，四除俗字，五除俗韻。至於古體今制之别，精樸深淺之殊，貴乎各求其似。漢晋高古，盛唐風流，西昆穠冶，晚唐葉藻，宋氏乖縷等類。若將自己之詩置諸古人詩中，識者不能辨别其真僞，斯可耳。

五五　領會四體法

詩必有所爲而作，所爲者何？即喜、怒、哀、樂之四體也。喜而得之則其辭麗，怒而得之則其辭憤，哀而得之則其辭傷，樂而得之則其辭逸，是謂四得。反是而失之大喜則其辭放，失之大怒則其辭躁，失之大哀則其辭慘，失之大樂則其辭蕩，是爲四失。取得失而比較之，而詩之體用判焉。茲特舉例於下：

詩之麗者　如『有時三點兩點雨，到處十枝九枝花』等句是也。

詩之憤者　如『顛狂柳絮隨風舞，輕薄桃花逐水流』等句是也。

詩之傷者　如「淚流襟上血，髮變鏡中絲』等句是也。

詩之逸者　如『誰家綠酒歡連夜，何處紅妝睡到明』等句是也。

詩之放者　如『春風得意馬蹄疾，一日看遍長安花』等句是也。

詩之躁者　如『解通銀漢終須曲，纔出崑崙便不清』等句是也。

詩之慘者　如『主客夜呻吟，痛入妻子心』等句是也。

詩之蕩者　如『驟然始散東城外，倏忽還逢南陌頭』等句是也。

五六　相準題意法

作詩先貴相準題意，有宜含蓄者則語當渾厚，有宜豪放者則語當顯豁，有宜莊重者則語當雄壯，有宜輕靈者則語當圓活。相題既準，斯所作之詩親切而有味，否則如隔靴搔癢，雖極句斟字酌，而與詩之正意難免有格不相入之病。茲再舉例如左：

題有顯貴意者　如岑參《和賈至舍人早朝》詩『花迎劍佩星初落，柳拂旌旗露未乾』。

題有隱逸意者　如黄滔《隱居》詩『紗帽隱囊談舊事，斷琴枯硯識前朝』。

題有神仙意者　如楊廷選《過葛嶺》詩『高崖樹古丹霞暈，仄徑苔深白雨飛』。

題有方外意者　如賈島《題天竺靈隱寺》詩『山鐘野渡空江水，汀月寒生古石樓』。

題有閭閻意者　如杜甫《野老》詩『漁人網集澄潭下，賈客船隨返照來』。

題有閨壼意者　如薛逢《宫詞》『雲髻罷梳還對鏡，羅衣欲换更添香』。

五七　採擇材料法

學詩初步，宜採取前人名作，以爲作詩之材料。所謂材者，即天、地、人、物諸故事是也。而此等故事散在群書，非可臨穎翻閱而得也，貴乎有以擇而儲之。儲之之道無他，先將《詩經》三百篇朝夕誦讀，以立骨格。蓋《詩經》之材料最富，無美不臻，無體不備。如《薄伐獫狁》《與子同仇》諸章，乃塞上之體也；《彼黍離離》《旄丘之葛》諸章，乃吊古之體也；《檜楫松舟》《皎皎白駒》諸章，乃紀行之體也；其他《關雎》《葛覃》爲宮詞體，《婦嘆於室》爲閨怨體。可以取爲詩料者，不勝枚舉，故後世各大詩家，莫不胚胎於此。

繼《詩經》而起者，厥爲《離騷》。《離騷》二十五篇，多侘傺抑鬱之音，然托辭引喻，韻味深長，於煩亂瞀擾之中，具悱惻纏綿之旨。故欲取資料於《詩經》之後，捨《離騷》無由矣。

《離騷》之後，則有漢詩，如韋孟諷諫之作，《房中》《郊祀》之篇，氣質古茂，直欲追踪《二雅》。他若《秋風辭》之婉麗，《瓠子歌》之渾厚，《河梁》詠别之神韻悠遠，《飲馬長城窟》之情意宛轉，皆爲漢詩之冠，而可採擇者也。

漢代以降，去古未遠。晋初如潘岳之《關中》詩，太冲之《詠史》詩，嗣宗之《詠懷》詩，劉琨之《答盧湛》詩，皆爲一朝名作。而子建多才，更五色相宣，八音朗暢，足以上繼蘇李，下開百代。至若淵明，則清悠淡永，别有自然之致。此皆晋詩之可取材者也。

唐承陳、隋之後，詩道大振。如玄宗之《幸蜀西》《至劍門》諸作，雄健有力，風裁峻整。張説之七古、張九齡之五古亦雄渾醇厚，足以扶翼正聲。他如王維、岑參、孟浩然、王昌齡輩，先後繼起，各有專長。迨後杜少陵崛起，上薄葩經，下賅宋元，掩顔、謝之孤高，雜徐、庾之流麗，盡得古今之體格，而爲詩中集成之聖。同時又有李太白，出入風騷，祖尚魏晋。故後人云，言唐代詩家者，必以李、杜並稱。餘如韓愈之駭怪，李賀之奇詭，劉夢得之淡遠，柳子厚之蒼勁，杜牧之健響，李義山之幽豔，温飛卿之清麗，賈閬仙之潔鍊，以及大曆十才子等，靡不遵守家法。此皆唐詩之可取材者也。

宋代詩家，分爲三派。王禹偁學長慶，是爲白體；寇凖、林逋輩師晚唐，是爲晚唐體；楊億、劉筠等宗李義山，是爲西昆體。至歐陽公出，一變而爲太白、昌黎之詩；及蘇東坡、黄山谷出，又一變而爲少陵之詩。南渡之後，以楊萬里、陸放翁、尤袤、范成大四家爲最著，此又宋詩之可取材者。其餘則等諸自鄶以下，不足爲學詩者法也。

五八　辨别體格法

律詩正格，八句成章，一、二句爲首聯，可對可不對；三、四句爲頷聯，不能不對；五、六句爲頸聯，亦不能不對；七、八句爲結聯，則亦可對可不對。然正格之外，又有變格，唐以來均盛行之。但初學作詩，總以正格爲是，若不注重體格，謬托古人變格之説，好高騖遠，隨意吟詠，勢必不能形似，而貽畫虎不成之誚。兹特將律詩中各種變格，分别言之於左，學者不可不細辨也。

拗體格：對偶與正格相同，但句中平仄，不似正格之穩順，即所謂拗句是也。

偷春格：第一聯對，第二聯不對，是將第二聯換向第一聯，猶之梅花在冬，偷春色而先開也，故云。

借對格：又謂之假對格，借同音之字作對，如『厨人具鷄黍』『稚子摘楊借楊爲羊。梅』之類。

交股對格：如『春深葉密花枝少，睡起茶多酒盞疏』二句，『密』與『多』對，『少』與『疏』對，是上下交股對也。

隔句遥對格：又謂之隔扇對格。如鄭谷《吊僧詩》之前半首云：『幾思聞靜語，夜雨對禪床。未得重相見，秋燈照影堂。』第四句與第二句遥對也。

八句全對格：始於初唐，如李嶠『主家山第』詩之類。

八句全不對格：如孟浩然《挂席東南望》詩之類。

五、六句對餘全不對格：如賈島『下第惟空囊』詩及李白『鸚鵡來過吴江水』之類。

五九　審叶音調法

作詩不論正格、變格，皆有天然音節，所謂大籟也。自『一三五不論、二四六分明』之説一倡，學者據此兩語，而詩之音調遂由此而乖矣。不知當時之爲是言者，其注重全在下句。如云就使一三五不論，而二四六則定要分明也。試觀宋唐以來諸大家，往往有平仄互換之句，其不敢輕易忽者，正此一三五之單字。蓋調不叶則句不諧，句不諧則詩不佳。豈得謂詩之平仄，可以一字不論乎？

音律所始，本於人聲。聲含宫商，肇自血氣，先王用之以作樂歌。樂八音皆詩，《詩三百》皆樂。詩既由樂而出，則詩中之平仄，自必審音而後叶。如桓伊吹笛，必經三弄；伯牙鼓琴，必合七弦。音調熟則詩句工，而生澀佶屈之弊，必一掃而空矣。

六十　運用古事法

詩中運用古事，僻事須要實用，熟事須要虚用。王績詩云『眼看人盡醉，何忍獨爲醒』，此即實用古事；杜甫詩云『羞將短髮還吹帽』，此即虚用古事。又有翻案用法，如李白詩云『升沈應已定，不必問君平』是也。此法運用之妙，全在有而若無，實而若虛，絶不見堆垜呆板之迹。昔王敬美言：『善用古事者，勿爲古事所使。』亦此意也。

運用古事，最忌改竄失真。陸機《園蔬》詩云：『庇足同一智，生理合異端。』考葵能衛足，事譏鮑莊；葛藟庇根，辭出樂豫。若譬葛爲葵，則引事實爲荒謬；若謂庇勝衛，則改事失其本真。劉彦和責其不精，洵是確論。後人才不如陸，輒欲改易古事，其不至貽人笑柄者，鮮矣。初學者宜慎之。

六一　選定韻脚法

押韻之法，可分二種：一爲限韻，由命題者選定一韻中某某數字，而令作詩者押之；一爲選韻，由作詩者自擇與題意相近之數字，而分別押之。二法之中，前者比較稍難，初學作詩，自以後者爲宜。讀者於練習造句之時，即可注意及此。而所選韻脚，貴響而且顯，最好莫若押一字之韻脚。如『露從今夜白，月是故鄉明』，又『山隨平野盡，江入大荒流』，又『星臨萬户動，月傍九霄多』，又『水落魚梁淺，天寒夢澤深』，又『緑樹村邊合，青山郭外斜』，又『香霧雲鬟濕，清輝玉臂寒』，所押之『明』字、『流』字、『多』字、『深』字、『斜』字、『寒』字等，皆以一字而能點醒全句者。學者宜摹仿之。

亦有押二字韻脚者，俗又稱『現成韻』。如『海日生殘夜，江春入舊年』，又『烽火連三月，家書抵萬金』，又『有弟皆分散，無家問死生』，又『泉聲咽危石，日色冷青松』，又『感時花濺淚，恨別鳥驚心』，又『荒城臨古渡，落日滿秋山』，所押之『舊年』『萬金』『死生』『青松』『驚心』『秋山』等韻，皆取極連貫之兩字，而可奉爲楷模者也。

且有押三字韻脚者，亦取現成之字。如『地猶鄹氏邑，宅即魯王宫』，又『氣蒸雲夢澤，波撼岳陽城』，又『猿啼洞庭樹，人在木蘭舟』，又『勢分三足鼎，業復五銖錢』，所押之『魯王宫』『岳陽城』『木蘭舟』『五銖錢』等三字韻脚，亦極連貫，而無可改易者。

此外，又有倒押韻之一法。如『名豈文章著，官因老病休』，亦自成一格，且爲押韻中之最上乘也。

六二 講求誦讀法

諺云：『熟讀《唐詩三百首》，不會吟詩也會吟。』語雖淺顯，實有至理存焉。蓋學詩全在多讀，多讀則熟能生巧。但讀者於聲韻格調之間，苟不細細講求，或讀平爲仄，或讀仄爲平，則讀如未讀，終必不能作詩；即能作矣，顛倒錯亂，失黏出韻之弊，亦所難免，安得有工穩之詩耶？是故講求之法，不在僅知詩之大義，尤宜於合讀、分讀、急讀、緩讀諸法，悉心體會。所謂合讀、急讀者，並非不分句讀，一氣讀完之謂。蓋當誦讀之時，於詩之理解及意境，既已心領神會，則聲未至而神已往，自有欲罷不能之概；所謂分讀、緩讀者，並非隔絕上下，不顧全局之謂。不過於詩之凝鍊處，略作停頓，曼聲以出之是也。至於讀詩之次序，亦有先後之分：一、五言古體詩；二、七言古體詩；三、五言律絕詩；四、七言律絕詩。茲擇唐詩中之合於正格，而爲初學所不可不讀者，分列其目次於下：

五言古詩

春思（李白）　送別（王維）　遊子吟（孟郊）　烈女操（孟郊）　子夜歌（李白）　溪居（柳宗元）　塞上曲（王昌齡）　塞下曲（王昌齡）　夕次盱眙縣（韋應物）　長安遇馮著（韋應物）　關山月（李白）　月下獨酌（李白）

夢李白二首（杜甫）　贈衛八處士（杜甫）　長干行（李白）

七言古詩

金陵酒肆留別（李白）　漁翁（柳宗元）　長相思二首（李白）　古從軍行（李頎）　洛陽女兒行（王維）　將進酒（李白）

五言律詩

經魯祭孔子（玄宗）　望月懷遠（張九齡）　杜少府之任蜀川（王勃）

次北固山下（王灣）　酬張少府（王維）　山居秋暝（王維）　過香積寺（王維）　臨洞庭湖上張丞相（孟浩然）　早寒有懷（孟浩然）　過故人莊（孟浩然）　送友人（李白）　渡荊門送別（李白）　夜泊牛渚懷古（李白）　春宿左省（杜甫）　幸蜀西至劍閣（玄宗）　野望（王績）　夏日過鄭七山齋（杜審言）　陸渾水亭（祖詠）　觀獵（王維）　聞笛（張巡）　送裴侍御歸上都（張謂）　初至犍爲作（岑參）　送友人入蜀（李白）　春日憶李白（杜甫）　春夜喜雨（杜甫）　旅夜書懷（杜甫）　春望（杜甫）　客夜（杜甫）　過橫山顧山人草堂（劉長卿）　詠史（戎昱）　宿洞庭（李端）　送從弟戴元往蘇州（張籍）　夜泊旅望（白居易）　宴散（白居易）　梅雨（柳宗元）　題韋隱居西齋（許渾）　送李端（盧綸）　喜見外弟又言別（李益）　春山夜月（于良史）

送孔徵士（權德輿）

五言絶詩

登鸛雀樓（王之涣）　渡漢江（宋之問）　江上梅（王適）　南望樓（盧僎）　鹿柴（王維）　宿建德江（孟浩然）　敬亭獨坐（李白）　歸雁（杜甫）　逢雪宿芙蓉山主人（劉長卿）　塞下曲（盧綸）　聽筝（李端）　送盧秦卿（司空曙）　春怨（金昌緒）　江雪（柳宗元）　行宫（王建）　閨人贈遠（王涯）　春閨思（張仲素）　宫詞（張祜）　江樓（杜牧）　登樂遊原（李商隱）　班婕妤（崔道融）　哥舒歌（西鄙人）

七言律詩

古意（沈佺期）　敕賜百官櫻桃（王維）　行經華陰（崔顥）　黄鶴樓（崔

七言絶詩

送元二使安西（王維）　凉州詞（王翰）　殿前曲（王昌齡）　長信秋詞（王昌齡）　除夜（高適）　下江陵（李白）　舟下荊門（李白）　江南逢李龜年（杜甫）　休暇日訪王侍御不遇（韋應物）　夜上受降城聞笛（李益）　次潼關先寄張十二閣老（韓愈）　石頭城（劉禹錫）　白雲泉（白居易）　晚春（元稹）　雨霖鈴（張祜）　泊秦淮（杜牧）　賈生（李商隱）　瑶瑟怨（温庭筠）　已凉（韓偓）　金陵圖（韋莊）　隴西行（陳陶）

六三　分析次序法

學詩宜循序漸進，不可躐等而求。今試分析言之。其説有三：一曰先學韻文而後學詩；二曰先學古體而後學今體；三曰先學五言而後學七言。蓋詩之與文，體雖異而理實相同。先爲有韻之文，則於造句、鍊字、修辭、綴韻諸事，既已習慣自然，由是進而爲詩，自然不覺其難。所須注意者，祇音律而已。且韻文之篇幅宜長，魄力宜厚，詩則長短可以隨意。故好學詩者，先學韻文，而後學詩，尤有駕輕就熟之樂。若古體詩，不拘平仄，不講對偶，敷陳不嫌詳盡，筆力較易展舒，不似今體詩之處處束縛，既須斂意歸辭，又須熔字就律，稍有疏忽，便不工穩，故必先古而後今，俾得由淺而入深也。至於先學五言詩者，取其字數較少。蓋文之爲句，不難於長而難於短；詩之爲句，不難於短而難於長。七言雖祇增二字，然在初學爲之，不失之弱，即失之冗。故必先學五言，然後再學七言，庶足以勝任而愉快耳。

第六綱　忌病

六四　論詩八病法

昔人論詩有八病：一曰平頭，二曰上尾，三曰蜂腰，四曰鶴膝，五曰大韻，六曰小韻，七曰正紐，八曰旁紐。在初學，對此八病雖不必十分注重，然亦不可不知。今試分別言之，並舉例如左：

一、平頭

謂上句一、二兩字不得與下句一、二兩字同聲。如古詩『今日良宴會，歡樂難具陳』，『今』與『歡』同聲，『日』與『樂』同聲之類。

二、上尾

謂上句末一字不得與下句末一字同聲。如古詩『西北有高樓，上與浮雲齊』，『樓』『齊』同爲平聲之類。

三、蜂腰

謂一句中第二字不得與第五字同聲。同則兩頭大，中心小，似蜂腰之形。如古詩『遠與君别久』句，『與』字、『久』字，同爲上聲之類。

四、鶴膝

謂第一句末一字不得與第三句末一字同聲。同則兩頭細，中心粗，似鶴膝之形。如古詩『新製齊紈素，皎潔如霜雪。裁爲合歡扇，團圓似明月』，『素』字、『扇』字，同爲去聲之類。

五、大韻

謂上句首一字不得與下句末一字同韻。如古詩『胡姬年十五，春日獨當壚』，『胡』字與『壚』字同韻之類。

六、小韻

謂上句第四字不得與下句第一字同韻。如古詩『薄帷鑒明月，清風吹我襟』，『明』字與『清』字同韻之類。

七、正紐

謂上下兩句之中，有一平聲之『東』字，不得再用上聲之『董』字及去聲之『湅』字。因東、董、湅三字爲一紐也。如古詩『我本漢家女，來嫁單于庭』，『家』字在平聲六麻，『嫁』字在去聲二十二禡，同爲一紐之類。

八、旁紐

謂上句首一字已用平聲東韻之字，下句首一字不得再用上聲董韻或去聲送韻之字；或上句已用董韻、送韻之字，則下句不得再用東韻之字。如古詩『丈夫且安坐，梁塵將欲起』，『丈』字在上聲二十一養，『梁』字在平聲七陽。『梁』『長』同韻，而『長』字與『丈』字即爲一紐之類。

六五　學詩五忌法

前言八病，所拘太嚴。初學作詩，苟其奉爲準繩，則天機束縛殆盡，安能望其發揮性靈乎？然而通常五忌，則不可輕蹈。茲再條列於下：

一、格弱

詩貴格調高古，句句無懈可擊，否則即爲格弱。《李希聲詩話》曰：『薛能，晚唐詩人，格調不高，而妄自尊大。有《柳枝詞》五首，最後一章曰：「劉白蘇臺總近時，當初章句是誰推。纖腰舞盡春楊柳，未有儂家一首詩。」自注云：「劉、白二尚書，繼爲蘇州刺史，皆賦楊柳枝詞，世多傳唱，但文字太僻，宮商不高耳。」薛能大言如此，今讀其詩，真堪一笑。劉、白之詞，則絶非薛能可及。劉之詞曰：「城外春風吹酒旗，行人揮袂日西時。長安陌上無窮樹，惟有垂楊管別離。」白之詞曰：「紅板江橋青酒旗，館娃宮暖日斜時。可憐雨歇東風定，萬樹千條各自垂。」其格力風調，豈薛能所可彷彿！於此可知格調之不可不講也。

二、字俗

詩中下字，須有來歷，尤以典雅爲貴，否則即爲字俗。但古來詩人，亦有詩中用俗字者，如老杜詩云『峽口驚猿聞一個』『兩個黃鸝鳴翠柳』。又：『樓頭吃酒樓下卧』『梅熟許同許老吃』。詩中之『個』字、『吃』字，均俗字也。今讀之，不覺其俗，而衹覺其佳。此則在於善用之耳。若初學，則功夫未深，終以不用爲是。

三、才浮

詩貴含意不盡，藏才不露，否則即爲才浮。如白樂天《宮怨》云：『淚滿羅巾夢不成，夜深前殿按歌聲。紅顔未老恩先斷，斜倚薰籠坐到明。』又王昌齡《宮怨》云：『奉帚平明金殿開，且將團扇暫徘徊。玉顔不及寒鴉色，猶帶昭陽日影來。』二詩用意，何等含蓄。

四、理短

詩貴理由充足，不可牽强，否則即爲理短。如張繼詩云『姑蘇城外寒山寺，夜半鐘聲到客船』，句則佳矣，但夜半非撞鐘之時。又白樂天《長恨歌》云『峨眉山下少人行』，峨眉在嘉州，與幸蜀全無交涉。又嚴維詩云：『柳塘春水漫，花塢夕陽遲。』雖描寫天容時態，融和駘蕩，如在目前，但夕陽遲不獨在花塢，春水漫不僅限柳塘也。此皆謂之理短。

五、意雜

詩意須如聯珠貫串，一綫到底。若一詩之中，上句談天，下句說地；或前聯吟花，後聯詠草，意義絶不相關，即爲意雜。是亦學者所宜深戒也。

六六　作詩五戒法

何謂作詩五戒？一戒譏訕，二戒諂諛，三戒鄙俗，四戒纖褻，五戒剽竊是也。學者於上述八病五忌既已知之，則此作詩五戒，尤不可不注意焉。茲更詳述於後：

一、戒譏訕

古來謔語嘲歌，大都輕薄者之所爲，及讀韓昌黎《贈張曙》詩，有『久欽江總文才妙，自嘆虞翻骨相屯』二句，以江總之奸佞比曙，似是昌黎失檢。故贈送之詩，宜借古人之才華位望相擬，否則稍一不慎，受者即疑爲有意譏訕，銜恨報復，卒無已時，可不戒哉。

二、戒諂諛

昔杜子美《贈鄭諫議》詩，祇贊其詩詞，不言其諫諍，斯爲不諂。又《贈鮮于京兆》詩，但美其文章，不論其武略，斯爲不諛。不諂不諛，最關人品，然儘有對於貴官顯者，加意頌揚，及時過境遷，驟然失勢，昔日應酬之作，適成株累之由。詩人似此者頗多，切不可輕蹈此習也。

三、戒鄙俗

鄙在立意，俗在造句。凡稍有氣骨者，或不肯自蹈卑鄙之弊，俗則非着意鍛鍊，即未能免。如張綖引曹唐《病馬》詩：『一朝千里心猶在，争肯潛忘秣飼恩。』言其爲乞兒語，亦惡其鄙耳。白香山長於叙事，求解老嫗，遂加以『俗』之一字。觀此，則鄙俗之病，古人尚未能免，而謂學者可不留意乎？

四、戒纖褻

一字至九字詩，雖曰舊格，終近遊戲。至地名、人名、藥名、數目諸體，則纖矣。西昆、香奩，專詠艷情，《唐詩别裁》屏而不録，懲其褻耳。初學作詩者，最喜吟風弄月，墮入魔道，心術日非，此尤不可不力戒也。

五、戒剽竊

釋皎然謂詩有三偷：其上偷勢，其次偷意，最下者偷語。周以言偷唐人詩云：『海色晴看近，鐘聲夜聽長。』較原詩祗改『雨』字爲『近』字，『潮』字爲『長』字而已。黄魯直偷李白詩云：『人家圍橘柚，秋色老梧桐。』較原詩祗改『煙寒』爲『家圍』二字。此皆不免蹈偷語之病。初學作詩，脱胎猶非所宜，况剽竊乎？戒之慎之！

六七　押韻八戒法

詩之有韻，猶屋之有柱。柱不穩，則屋必傾圮；韻不穩，則詩必惡劣。故押韻之所當戒者，初學亦不可不知，兹試分述於下：

一、戒湊韻

俗亦稱『挂韻脚』，謂所押之韻，與全句意義不相貫串，而勉强凑合也。如唐詩『黄河入海流』句，若易『流』字爲『浮』字，便爲凑韻。初學最易犯此，所當切戒。

二、戒落韻

落韻者，出韻之謂也。如一首詩中，通體全押一東韻，而一字忽押二冬韻。一東與二冬，雖古韻可通，然用諸古體詩則可，用諸今體詩，即爲落韻。學者宜慎之。

三、戒重韻

一字兩義而並押之，謂之重韻。如耳爲五官之一，又爲語助辭。干爲干涉之義，又可作干戈解。一詩中兩義同押，前人間亦有之，但初學終以不犯爲是。

四、戒倒韻

倒韻者，將二字顛倒以就韻之謂也。如古詩『新書置後前』句，易『前後』爲『後前』，即所謂倒韻也。然此二字於詞義尚無礙，不妨倒用。若强『山林樹木』等不可倒用之字而倒用之，便覺不通矣。

五、戒用啞韻

作詩當擇聲音響亮之韻押之，自然音調高超；若用啞韻，則非但詞句不挺，即全詩亦因之萎弱矣。

六、戒用僻韻

僻韻又名險韻，如一先韻之屳字，訓輕舉；二蕭韻之釗字，訓遠。單字隻義，用之易近湊合。但有二字、三字之古典，與題適相切合者，則亦不妨押之。

七、戒用同義之韻

一韻中有數字同義者，如六麻之花、葩，七陽之芳、香，十一尤之憂、愁，意義皆同，若一首詩中並押之，未免重複可厭。

八、戒用字同義異之韻

字有實字虛用者，亦有虛字實用者。如一東韻之風字，不當作風刺之風字押。四支韻之思字，不當作意思之思字押。若誤用則便有出韻、失黏之弊，初學最宜審慎。

六八　律詩四忌法

何謂律詩四忌？一曰不工，二曰不貫，三曰不自然，四曰不典雅。初學作詩者，於前述種種忌病，既已領會，則尤當注意此四忌也。今述如左：

一、不工

律詩最重對偶，苟對偶之句配搭不匀，便不工矣。

二、不貫

律詩以第一聯爲起，第二聯爲承，第三聯爲轉，第四聯爲合。苟不知起承轉合之層次，而兩兩相凑，便不貫矣。

三、不自然

律詩於立意、造句、鍊字、修辭諸法，在在皆當研究，苟其徒重對偶，於詩之意義詞句，生拍硬截，便不自然矣。

四、不典雅

律詩宜善於運用古典，若衹將迎眸、屈指、好將、從教稱字，鋪張字面，便不典雅矣。

六九　絶詩四忌法

何謂絶詩四忌？曰可加可減、可多可少、可彼可此、可上可下是也。學者於律詩四忌，又知趨避矣，故再以絶詩四忌示之，仍分述如下：

一、可加可減

如五絶之詩，加二字爲七絶；七絶之詩，減二字爲五絶之類。

二、可多可少

如一詩之中，一意分爲四句，或四句仍歸一意之類。

三、可彼可此

如詠梅之詩，可移而詠菊；詠山水之詩，可移而詠風月之類。

四、可上可下

如七絶仄起押韻之句，與第四句同爲仄仄平平仄仄平。苟其不分層次，上句與下句可以互易之類。

第七綱　派别

七十　探索源流法

古體詩之源流，創自商周以上，而備於漢魏六朝。有三言、五言、七言、雜言諸體。三言古者，昉於虞舜皋陶之歌，特句必繫一助辭耳。厥後，漢有郊祀歌，兹體爲者絶少。蓋句止三字，達意已難，遑論古樸乎？四言古者，以八伯之歌、康衢之謡爲最古，至商周而大盛，《詩經》三百篇，四言蓋居十之九也。後世仿而善者，厥爲陶靖節。兹體之難，在不襲《詩經》一語，而音節極肖。五言古者，始於李陵、蘇武之《贈答》，魏晋以下，專尚兹體。良以不豐不約，最便達情，而流派至多。概括言之，則有正、變二體。正體主格韻高遠，如蘇、李之不尚雕飾，妙造自然，非後人所能學步；其次則陳思之遒麗，彭澤之閑逸，康樂之精緻，皆爲卓然大家。變體貴才氣縱横，辭意詳盡，其源亦出於漢。如《焦仲卿妻》詩，及蔡文姬《悲憤辭》首章是也。及唐之少陵、昌黎，各以其排山傾海之氣，驅風走霆之筆，著爲大篇，兩間之奇氣始盡。七言古者，源於漢武之柏梁聯句，其實一句一韻，一韻到底，與唐以後之七古異也。唐初其體大備，如少陵、昌黎以雄奇跌宕勝，樂天、微之以纏綿哀艷勝，王、李、高、岑以短勁峭拔勝，後人千態萬貌，不能越其範圍矣。雜言古者本乎上古歌謡，及《琴操》《楚辭》之屬，至無名氏之《木蘭辭》，而後體格乃成。後世爲此者，惟太白最工，其才氣盛也。

七一　分别宗派法

古體詩之源流，既如上述矣。則今體詩之宗派者，學者又不可不知一二。今體詩者，成於李唐一代，有五律、七律、五絶、七絶、五言排律、七言排律諸體。五言律者，以五言八句成章。律之云者，調平仄、拘對偶，如法律之嚴也。唐時以五言應試，故於兹體無人不作，無作不工。至擇其尤勝者，則以陳子昂、杜審言、沈佺期、宋之問之典麗精工爲一派；王維、孟浩然、儲光羲、韋應物之清空閑適爲一派；李白屬之風華宕逸爲一派；杜甫輩之沈雄悲壯爲一派。而論其時，則又有初唐、盛唐、中唐、晚唐諸分别。七言律者，以七言八句成章，視五言律爲尤難。五言律可恃性靈超悟，七言律則非積學攻苦，未易窮源。故終唐一代，惟少陵獨擅其長，金鐘大鏞，哀絲豪竹，無美不備，無奇不臻，非特當世諸賢，悉歸牢籠，即宋、元各體，亦罔不賅括，横絶古今，莫能兩大矣。此外則王右丞之精深華妙，卓然自成一派，所不逮少陵者，博厚而已。五言絶者，截取律詩之半，以五言四句成章。詩之至短，而亦至難工者也。其字句可對、可不對、可全對、可不全對。唐人工兹體者，以太白、摩詰爲最。其他各派之中，亦多有可採處。七言絶者，以七言四句成章。第每句較五言增長二字，聲律和婉，可以行氣，故詩家多喜爲之。唐人零縑斷璧，無有不工，而太白、摩詰、少伯輩，尤能各擅其長。五言排律者，即律詩之擴張，自十句至數十百句不等，其平仄、對偶，皆與律詩同，而其敷陳事實，則與古體同。七言排律者，即七言律詩之擴張，聲長而字縱，雖少陵不克自振，遑論餘子，故後人多不敢爲也。

七二　研究變遷法

風、雅、頌既亡，一變而爲《離騷》，再變而爲西漢五言，三變而爲歌行雜體，四變而爲沈宋律詩。

以時而論，則有建安體漢末年號。曹子建父子及鄴中七子之詩。　黃初體魏年號。與建安相接，其體一也。　正始體魏年號。嵇、阮諸公之詩。　太康體晋年號。左思、潘岳等之詩。　元嘉體宋年號。顏、鮑、謝諸公之詩。　永明體齊年號。齊諸公之詩。　齊梁體統兩朝而言之。　南北朝體統魏周而言之。與齊梁體一也。　唐初體唐初，猶襲陳、隋之體。　盛唐體開元、天寶間諸公之詩。　大曆體大曆十才子之詩。　元和體元、白諸公之詩。　晚唐體賈、劉、杜、孟諸公之詩。　元祐體蘇、黃諸公之詩。　江西宗派體山谷爲之宗。

以人而論，則有蘇李體李陵、蘇武也。　曹劉體子建、公幹也。　陶體淵明也。謝體靈運也。徐庾體徐陵、庾信也。沈宋體佺期、之問也。陳拾遺體子昂也。王楊盧駱體王勃、楊炯、盧照鄰、駱賓王也。張曲江體張九齡也。少陵體　太白體　高達夫體高常侍適也。孟浩然體　岑嘉州體岑參也。王右丞體王維也。韋蘇州體韋應物也。韓昌黎體韓愈也。柳子厚體柳宗元也。李長吉體李賀也。李商隱體即西昆體也。盧仝體　白樂天體白居易也。元白體微之、樂天，其體一也。杜牧之體杜牧也。張籍體　王建體賈閬仙體賈島也。孟東野體孟郊也。杜荀鶴體　東坡體　山谷體黄庭堅也。後山體陳師道也。後山本學唐，其語似者，僅數篇耳。其他或似不全，又其他則本其自體也。王荆公體王安石也。公絶句最高，其佳處高出蘇、黄、陳之上。邵康節體邵雍也。陳簡齋體陳與義也。亦江西派而小異。楊誠齋體楊萬里也。初學後山，最後亦學絶句於唐人，已而盡棄諸家之體，而別出機杼，蓋其自序如此也。　又有**選體**選詩時代不同，體制隨異。**柏梁體**漢武與群臣共賦七言，每句用韻。　**玉臺體**《玉臺集》乃徐陵所序。漢魏六朝之詩皆有之。　**西昆體**即李商隱體。　**香奩體**韓偓之詩，皆裾裙脂粉之語，有《香奩集》。　**宮體**梁簡文傷於輕靡，時號宮體。

又有**古詩、近體**即律詩也。　**絶句、雜言、歌行**古有鞠歌行、放歌行、長歌行、短歌行，又有單以歌名行名者，不可枚述。　**樂府**漢成帝定郊祀，立樂府，採齊、楚、趙、魏之聲以入樂府，以其音調可被於弦管也。　**楚辭**始於屈原。　**琴操**古有《水仙操》，辛德源所作。《別鶴操》，高陵牧子所作。　**謠**沈炯有《獨酌謠》，王昌齡有《箜篌謠》，穆天子之傳有《白雲謠》也。　**又有以嘆名者**古詞有《楚屈嘆》《明君嘆》。　**以怨名者**《選》有《四怨》，樂府有《獨處怨》。　**以哀名者**《選》有《七哀》，少陵有《八哀》。　**以愁**

名者古詞有《寒夜愁》《玉階愁》。以思名者太白有《静夜思》。以樂名者齊武帝有《佑家樂》，宋臧質有《石城樂》。以别名者子美有《垂老别》《新婚别》《無家别》。他若風人上句述其語，下句釋其文，如古《子夜歌》《讀曲歌》之類，則多用此體。藁砧古樂府篇名，多用僻詞隱語也。五雜俎見樂府。兩頭纖纖亦見樂府。盤中《玉臺集》有此詩，蘇伯玉妻作。寫之盤中，屈曲成文也。迴文起於竇滔之妻，織錦以寄其夫也。反復舉一字而誦皆成句，且無一句不押韻，反覆成文，李公詩格有此詩。雜合字相折成文，孔融《漁父》《屈節》之詩是也。建除鮑明遠有《建除詩》，每句之首，冠以建、除、平、滿等字。等，皆詩體之愈變愈奇，而不可奉爲常法者也。茲因便人研究詩之變遷起見，故述其大略於右。

七三　提挈綱要法

詩之大别有三：一曰説理，二曰言情，三曰寫景是也。此三體者，即爲作詩之綱要，初學不可不知，兹再分别説明於後：

一、説理

説理之詩，宋儒偶一爲之，詩家且謂之旁門，不知作詩之説理，與談性命之學不同。理有事理、物理之分，散在六合，聚在一心，皆此理也。故詩人吟詠一事一物，必於事物真相，曲盡無遺，亦可免膚泛之弊。

二、言情

言情者，非僅寫家人社交中之情也。凡一山一水，一草一木，接觸於吾人之目者，無往非情之所寄，而借詩以寫之。雖山水草木，皆若鍾情於我。唐人詩云：『長疑即見面，翻致久無書。』所謂『詩以言情』者，即此是也。

三、寫景

言情以外，寫景尚矣。畫家寫景，能寫花而不能寫花香，能寫鳥而不能寫鳥語。惟詩人則能之。如唐詩『花有清香月有陰』句，則不但寫花香，且寫花香之清也。又如『春至鳥能言』句，則不獨寫鳥言，且寫鳥之能感時而言也。前人謂王摩詰『詩中有畫』，此言洵不誣也。

第八綱　體裁

七四　學作歌謠法

歌謠者，類皆出於不通文墨及粗識字義之人，或因時事之感觸，或因景物之動興，不假思索，隨口而吐。惟當其歌詠慨嘆之際，偶然一抑一揚、一頓一挫，不期婉轉動聽，而自成叶韻也。茲特各舉一例，並示作法於左：

擊壤歌

日出而作，日入而息；鑿井而飲，耕田而食。帝力於我何有哉？

右爲唐堯之時，老人擊壤而作，故即以『擊壤』二字爲歌名，『息』字、『食』字，自然叶韻，是爲歌體之祖。

康衢謠

立我烝民，莫匪爾極；不識不知，順帝之則。

右爲唐堯微服出遊康衢時，聞兒童所作者。『極』字、『則』字，亦自叶韻，是爲謡體之祖。

七五　學作樂府法

樂府之名，起於漢初。須有蒼老古雅之色，溢於詞句之間。若一涉議論，便不似樂府矣。其調以《君馬黄》《臨高臺》兩首爲最古，今已不可復得，試擇其近於古者，列示於後，俾學者得以知其作法也。

龜雖壽　魏武帝

神龜雖壽，猶有竟時。騰蛇成霧，終爲土灰。老驥伏櫪，志在千里。烈士暮年，壯心不已。盈縮之期，不獨在天。養怡之福，可得永年。

幸甚至哉！歌以詠志。

右詩於《三百篇》外，特創一格。詞句峭勁，音節奇響。至『老驥伏櫪』四句，尤爲通體筋節，洵樂府中之上乘也。

善哉行　魏文帝

上山採薇，薄暮苦飢。溪谷多風，霜露沾衣。野雉群雊，猿猴相追。還望故鄉，鬱何壘壘。高山有崖，林木有枝。憂來無方，人莫之知。人生如寄，多憂何爲？今我不樂，歲月如馳。湯湯川流，中有行舟。隨波轉薄，有似客遊。策我良馬，被我輕裘。載馳載驅，聊以忘憂。

右詩言客遊之感，通篇着眼在『憂來無方』一句，末後言客遊似行舟，即以行舟喻客遊，措語工巧之至。結句收到『忘憂』，與憂來針鋒相對，尤爲難得之作。

七六　學作五古法

作五古有四要：曰分段，曰過脈，曰回照，曰贊嘆。先要分段，首段籠罩全篇，以下一段一意，防雜亂也；次要過脈，名爲血脈，此處用兩句，一結上，一生下也；又次要回照，謂十步一回顧，以照題面；末要贊嘆，每段作一消息語，以贊嘆之，全篇局勢，方不迫促。若短篇則每句以第三字爲關捩，尤宜注意。茲示作法於下：

望嶽　杜甫

岱宗夫如何？齊魯青未了。造化鍾神秀，陰陽割昏曉。
蕩胸生層雲，决眦入歸鳥。會當凌絶頂，一覽衆山小。

右詩通首用仄韻而不轉者，首兩句言其地，次兩句言其狀，五、六兩句實寫『望』字，末兩句高瞻遠矚，氣象不凡，非老杜安得有此。

下終南山過斛斯山人宿置酒 李白

暮從碧山下，山月隨人歸。却顧所來徑，蒼蒼橫翠微。
相攜及田家，童稚開荆扉。緑竹入幽徑，青蘿拂行衣。
歡言得所憩，美酒聊共揮。長歌吟松風，曲盡河星稀。
我醉君復樂，陶然共忘機。

右詩通首用平韻而不轉者，起四句言下山，承四句言訪友，轉四句言置酒，末二句言就宿，層次分明，詩情淡遠，不愧爲金科玉律也。

七七　學作七古法

七古須有鋪叙，有開合。徒以鏤刻爲巧，放縱爲豪者，固失之滑，而流於萎弱，過於纖麗者，亦失之靡。能於優柔和平中，求氣勢宏闊，頓挫激昂，庶幾近之。至於篇幅之長短，或僅四句，或數十句，或百餘句不等，而總以第五字爲關捩。兹將其作法略示於左：

誚山中叟 施肩吾

老人今年八十歲，口中零落殘牙齒。
天陰傴僂帶嗽行，猶向岩前種松子。

右爲七古之最短者，首句言老人之年，次句言老人之齒，第三句言老人之行，描寫老態，至矣盡矣。末句極言其作事之勤，氣韻何等深厚，筆致何等幽雅，洵佳構也。

歲晏行

杜甫

歲云暮矣多北風，瀟湘洞庭白雪中。
漁父天寒網罟凍，莫傜射雁鳴桑弓。
去年米貴闕軍實，今年米賤又傷農。
高位達官厭酒肉，此輩杼軸茅茨空。
楚人重魚不重鳥，汝休枉殺南飛鴻。
況聞處處鬻男女，割慈忍愛還租庸。
往日用錢捉私鑄，今許鉛鐵和青銅。
劃泥爲之最易得，好惡不合長相蒙。
萬國城頭吹畫角，此曲哀怨何時終。

右詩爲傷時之作，通首不轉一韻。起四句從歲暮説入，承四句即回顧去年，『楚人』以下八句，寫當時之苛政虐民，實有無限感慨，結句點出『哀怨』二字，尤爲沈痛之至。

七八　學作律詩法

律詩八句之中，對句易工，結句難工，發端句尤難工。五律則研鍊精切，穩順聲勢足矣。七律雖與五律相同，而加以二字，便覺難於下手。五言不可加，七言不可減，是在作者熟讀而深思之，今試分示五律、七律之作法於後：

幸蜀西至劍閣

唐玄宗

劍閣橫雲峻，鑾輿出狩回。翠屏千仞合，丹嶂五丁開。

灌木縈旗轉，仙雲拂馬來。乘時方在德，嗟爾勒銘才。

右詩首句從劍門說起，次句實寫『幸』字，三、四兩句承首句之意，五、六兩句承次句之意，結句深許景陽之銘，雄健有力，真足開盛唐一代先聲。

古意

沈佺期

盧家少婦鬱金香，海燕雙棲玳瑁梁。

九月寒砧催木葉，十年征戍憶遼陽。

白狼河北音書斷，丹鳳城南秋夜長。

誰爲含愁獨不見，更教明月照流黃。

右詩首句以『盧』起興；次句比夫婦相守；三、四兩句寫分離景況；五、六兩句，一句言塞外，一句言長安；末二句以含愁怨明月作結。精細嚴整，元氣渾然，真不可多得之作。

七九　學作絕詩法

五言絕詩，重在真切，故質多勝文；七言絕詩，重在高華，故文多勝質。而其難易之判，與律詩適相反。蓋五絕衹四句二十字，真意未宣，而詩句已盡，故入手功夫，五絕較七絕爲難。茲再分示五絕、七絕之作法於下：

閨怨

金昌緒

打起黃鶯兒，莫教枝上啼。啼時驚妾夢，不得到遼西。

右詩首句言黃鶯，似與題意毫不相關，實即詩中『暗起法』也；第二句說明『打起』之故；第三句由不使之啼，轉到啼時之驚夢；末句方將題意點醒，以結上三句。寫閨情至此，真使柔腸欲斷。

已涼　韓偓

碧闌干外綉簾垂，猩色屏風畫折枝。
八尺龍鬚方錦褥，已涼天氣未寒時。

右詩通篇寫景，不露一些情思，而情愈深遠。

八十　作排律詩法

排律詩，即由律詩擴充而成，大都侍從、述宴、待制之篇居多，所謂『臺閣體』者是也。對仗宜乎工整，聲調宜乎響亮，亦有五言、七言之分，惟韻數多少，並無一定。茲特示五言排律之作法，並舉一例如下：

上韋左相二十韻　杜甫

鳳曆軒轅紀，龍飛四十春。八荒開壽域，一氣轉洪鈞。
霖雨思賢佐，丹青憶舊臣。應圖求駿馬，驚代得麒麟。
沙汰江河濁，調和鼎鼐新。韋賢初相漢，范叔已歸秦。
盛業今如此，傳經固絶倫。豫章深出地，滄海闊無津。
北斗司喉舌，東方領縉紳。持衡留藻鑒，聽履上星辰。
獨步才超古，餘波德照鄰。聰明過管輅，尺牘倒陳遵。
豈是池中物，由來席上珍。廟堂知至理，風俗盡還淳。
才傑俱登用，愚蒙但隱淪。長卿多病久，子夏索居頻。
回首驅流俗，生涯似衆人。巫咸不可問，鄒魯莫容身。
感激時將晚，蒼茫興有神。爲公歌此曲，涕淚在衣巾。

右詩起四句歸美朝廷，以下八句是言未相之前，次八句是言入相之時，再次八句是言既相之後，末後十二句結到自身。亦慚愧，亦感仰，聲宏實大，氣象不凡，俗手安得有此？

八一　作長短句法

長短句者，即變騷體也。以五、六、七言相問成文，長短疾徐，縱橫馳驟。非有氣韻、有魄力者，斷不能輕易下筆也。茲舉一例，並示其作法於左：

鳴皋歌送岑徵君

李白

若有人兮思鳴皋，阻積雪兮心煩勞。

洪河凌兢不可以徑度，冰龍鱗兮難容舠。

邈仙山之峻極兮，聞天籟之嘈嘈。
霜崖縞皓以合沓兮，若長風扇海，
涌滄溟之波濤。
玄猿緑羆，舔舕崟岌，
危柯振石，駭膽慄魄，群呼而相號。
峰崢嶸而路絶，挂星辰於岩嶅。
送君之歸兮，動《鳴皋》之新作。
交鼓吹兮彈絲，觴清泠之池閣。
君不行兮何待？若返顧之黄鶴。
掃梁園之群英，振大雅於東洛。

巾征軒兮歷阻折，尋幽居兮越巘崿。
盤白石兮坐素月，琴《松風》兮寂萬壑。
望不見兮心氛氲，蘿冥冥兮霰紛紛。
水横洞以下淥，波小聲而上聞。
虎嘯谷而生風，龍藏溪而吐雲。
寡鶴清唳，飢鼯嚬呻。
魂獨處此幽默兮，愀空山而愁人。
鷄聚族以争食，鳳孤飛而無鄰。
蝘蜓嘲龍，魚目混珠。
嫫母衣錦，西施負薪。

若使巢由桎梏於軒冕兮，
亦奚異於夔龍蹩躠於風塵？
哭何苦而救楚，笑何誇而却秦？
吾誠不能學二子，沽名矯節以耀世兮，
固將棄天地而遺身。
白鷗兮飛來，長與君兮相親。

右詩起筆寫梁園雪景，如怒猊抉石，俊鶻盤空。而送君之歸一轉，更如大聲發於水上，噌吰不絕。結筆淡遠雋永，如羅浮風雨，若合若離，真詩境之出神入化者。

八二　作三言詩法

三言詩，傳者絕少，句法宜渾樸、宜古雅，少至八句，多至十餘句，所用之字，切忌啞而且平。茲示其作法於後：

祝某夫人　曾熙

惟母德，推賢良。應時興，令譽彰。
臨九疑，望瀟湘。祈母壽，福無疆。

右詩起二句頌其人，三、四兩句從『德』字表出『譽』字，是爲『壽』字伏綫，五、六兩句言其地，末二句纔揭出祝壽本意。結構謹嚴，自是名作。

八三　作四言詩法

四言詩去古未遠，宜氣息渾厚，聲韻凝重；否則不失之靡，即失之弱，靡則不古，弱則不雅，皆當切戒。茲特舉漢韋孟之《諷諫詩》一首，並示其作法如下：

諷諫詩

韋孟

肅肅我祖，國自豕韋。黼衣朱黻，四牡龍旂。彤弓斯征，撫寧遐荒。
總齊群邦，以翼大商。迭彼大彭，勳績惟光。至於有周，歷世會同。
王赧聽譖，寔絕我邦。我邦既絕，厥政斯逸。賞罰之行，非繇王室。
庶尹群后，靡扶靡衛。五服崩離，宗周以墜。我祖斯微，遷於彭城。
在予小子，勤唉厥生。阨此嫚秦，耒耜斯耕。悠悠嫚秦，上天不寧。
乃眷南顧，授漢於京。於赫有漢，四方是征。靡適不懷，萬國攸平。
乃命厥弟，建侯於楚。俾我小臣，惟傅是鋪。兢兢元王，恭儉靜一。
惠此黎民，納彼輔弼。享國漸世，垂烈於後。乃及夷王，克奉厥緒。

咨命不永，惟王統祀。左右陪臣，此惟皇士。如何我王，不思守保。
不惟履冰，以繼祖考。邦事是廢，逸遊是娛。犬馬悠悠，是放是驅。
務此鳥獸，忽此稼苗。蒸民以匱，我王以愉。所弘匪德，所親匪俊。
惟囿是恢，惟諛是信。睮睮諂夫，諤諤黃髮。如何我王，曾不是察。
既藐下臣，追欲縱逸。嫚彼顯祖，輕此削黜。嗟嗟我王，漢之睦親。
曾不夙夜，以修令聞。穆穆天子，照臨下土。明明群司，執憲靡顧。
正遐由近，殆其茲怙。嗟嗟我王，曷不斯思。匪思匪監，嗣其罔則。
彌彌其逸，岌岌其國。致冰匪霜，致墜匪嫚。瞻惟我王，時靡不練。
興國救顛，孰違悔過。追思黃髮，秦穆以霸。歲月其徂，年其逮耇。
於赫君子，庶顯於後。我王如何，曾不斯覽。黃髮不近，胡不時鑒。

右詩『惟王統祀』以上，即寓諷諫之意；『穆穆天子』六句，言天子之明，群臣之執法；『瞻惟我王』以下，是望其改過之詞。通篇肅肅穆穆，漢詩中之傑作也。

八四　作六言詩法

六言詩以二、四、六字定平仄，須要鍊字鍊句，不論對句散體，均不可以閑散之字成文，而且詞句宜著實，聲調宜鏗鏘，否則便有瘖啞萎靡之病。今試將其作法略舉如後：

歸山作　顧況

心事數莖白髮，生涯一片青山。空林有雪相待，古道無人獨還。

田園樂　王維

桃紅復含宿雨，柳緑更帶朝煙。花落家童未掃，鶯啼山客猶眠。

右二詩第一首言未歸之前，第二首言既歸之後。起句從心事説到生涯，而所待者惟雪，是爲無人作伏筆；第二首寫桃、寫柳、寫花鳥，都從無人生出，山中清境，惟個中人獨能領略。

八五　作雜言詩法

雜言詩，有三、五、七言，有一、三、五、七、九言，句法皆成奇數，但亦有寄托、有呼應，非可漫然爲之。至用實字則宜有層次，用虛字則宜有開合。茲示二法如左：

三五七言　李白

秋風清，秋月明，

落葉聚還散，寒鴉棲復驚。
相思相見知何日，此時此夜難爲情。
右詩前四句實寫秋景，後二句虛寫閨情。怨而不怒，風人之作。

一三五七九言　李白

遊，愁。
赤縣還，丹思抽。
鷲嶺寒風颸，龍河激水流。
既喜朝聞日復日，不覺年頽秋更秋。
已畢耆山本願誠難在，終望持經振錫往揚州。
右詩起六句言居荒遠之地，若不勝情；第七句言國事尚可爲；第八句言年齡惜已老；末句結到歸隱，妙在含意不露。

八六　作白描詩法

白描詩近乎天籟，非以俚語入詩也，貴寫得真切，說得透徹，斯爲文言道俗；且須不假雕琢，不尚工巧，方爲白描能手。今試示其作法於下：

望月　李白

床前明月光，疑是地上霜。
舉頭望明月，低頭思故鄉。

右詩不用一典，似全不費力者，而情景宛然如畫，凡在異鄉望月之人，都有讀此詩而頓起鄉思者，所以爲不可多得之作也。

八七　作迴文詩法

迴文詩反復成章，可以縱横排比，非僅一順一倒也。然有一字未妥，則句便費解；有一字未諧，則句便失叶。鈎心鬥角，不得以小道而輕之。兹特將作法舉示於後：

題織錦圖迴文

蘇軾

春晚落花餘碧草，夜涼低月半梧桐。
人隨雁遠邊城暮，雨映疏簾綉閣空。
空閣綉簾疏映雨，暮城邊遠雁隨人。
桐梧半月低涼夜，草碧餘花落晚春。

右詩前二句寫情景，後二句有無限思想，無限感觸，抵得一首征人思歸之作。

八八　作疊字詩法

疊字詩要運用自然，不可顛倒，不可紊亂。如第一句在首二字，則第五句亦當在首二字；第三句在中二字，則第七句亦當在中二字。通篇又均須對偶，方能工穩。茲示其作法於左：

貢院垂成雙蓮呈瑞勉語士子

王十朋

大廈垂垂就，佳蓮得得開。雙雙戴千佛，兩兩應三台。歡意重重合，香風比比來。人人宜自勉，濟濟有廷魁。

右詩首句言貢院垂成，次句言雙蓮呈瑞，題意已盡，第三句補出『雙』字，第四句說到士子，第五句是勉勵語，第六句承上『雙蓮』，第七、八兩句方揭出作意。層次井然，絕無疊床架屋之弊。

八九　作聯句詩法

聯句貴神完氣足，無一句不渾灝流轉，無一字不響順穩當。若生拍雜湊，必無佳構。茲特舉漢武《柏梁詩》以爲例，並示作法於下：

柏梁詩

日月星辰和四時，（帝）
驂駕駟馬從梁來。（梁孝王）
郡國士馬羽林材，（大司馬）
總領天下誠難治。（丞相石慶）
和撫四夷不易哉，（大將軍衛青）
刀筆之吏臣執之。（御史大夫兒寬）

撞鐘擊鼓聲中詩，（太常周建德）
宗室廣大日益滋。（宗正劉安國）
周衛交戟禁不時，（衛尉路博德）
總領從官柏梁臺。（光禄勛徐自爲）
平理請讞决嫌疑，（廷尉杜周）
修飾輿馬待駕來。（太僕公孫賀）
郡國吏功差次之，（大鴻臚壺充國）
乘輿御物主治之。（少府王温舒）
陳粟萬石揚以箕，（大司農張成）
徼道宫下隨討治。（執金吾中尉豹）

三輔盜賊天下尤，（左馮翊盛宣）
盜阻南山爲民灾。（右扶風李成信）
外家公主不可治，（京兆尹）
椒房率更領其材。（詹事陳掌）
蠻夷朝賀常會期，（典屬國）
柱枅欂櫨相枝持。（大匠）
枇杷橘栗桃李梅，（大官令）
走狗逐兔張罝罘。（上林令）
齧妃女唇甘如飴，（郭舍人）
迫窘詰屈幾窮哉。（東方朔）

右詩爲七古之祖，武帝句堂皇冠冕，自是帝王氣象，以下追步後塵，各述其職，亦爲不可多得之作。

九十　作集句詩法

集句詩，或雜集衆人之句，或專集一人之句，要必有起伏頓挫，迴環往復，斯能一氣呵成，若天衣之無縫。如有一語未妥，一聯未洽，則全篇均失精采。茲特試舉一例，並示作法如下：

和人五十自述　集東坡句

沈守廉

吾生如寄耳，何必棄溝瀆。吾心淡無累，午飯飽蔬菽。
詩書亦何用，五車不再讀。相逢未寒温，客來不待速。
嘆息煙雲老，動與世好逐。後生多名士，吾其返自燭。

嗟我與先生，雖時出圭角。誰謂感舊詩，因循隨流俗。
乾策數大衍，往事不可復。退居吾久念，人事幾反復。
出處付前定，有子萬事足。雖云老不衰，長生未可學。
怪君仁而壽，養火猶未伏。吟君五字詩，風静響應谷。
淵明得此理，張騫移苜蓿。公老我亦衰，相約挂冠服。
君看東坡翁，洒掃古玉局。未怕供詩帳，豈須上圖軸。
念爲兒童歲，聲價争場屋。我老何能爲，終勝賈誼哭。
誰知去鄉國，有生幾夢覺。老人不解飲，探詩亦頗熟。
嗟哦此樂鄉，不識無弦曲。

右詩全集東坡之句，起段十二句，言後生可畏，年老如寄，是感慨語；

次段十句，言往事已矣，望在後嗣，是慰藉語；三段十二句，言老年歸隱，不約而同，是愉快語；末段十二句，言寄寓海上，不問世事，是超脱語。集句得此，洵非易事。

九一　作促句詩法

促句詩不拘平仄，以三句一轉韻，須有氣韻，有胎息，非多讀古詩不能應手也。否則掉轉不靈，便失之滯；鍛鍊不精，又失之俗。玆將其作法略示於後：

悲秋

宋筠

江南秋色摧煩暑，夜來一枕芭蕉雨。
家在江頭白鷗浦，一生未歸鬢如織。

傷心日暮楓葉赤，偶然得句應題壁。

右詩『暑』『雨』『浦』三字爲一韻，『織』『赤』『壁』三字爲一韻，然六句却有六轉：第一句是虚寫秋來，第二句是實寫秋來，第三句是因秋思家，第四句是思家不歸，第五句是怕到秋深，第六句是作詩悲秋。層層都到，可與文忠公之《秋聲賦》並傳。

九二　作無題詩法

無題詩亦有寄托，蓋以閨房兒女之情，寓感事傷時之意。鍊字須穩，琢句須工，字字聽之有聲，捫之有棱，方爲神品。兹舉二詩爲例，並示作法於左：

無題　　李商隱

來是空言去絶踪，月斜樓上五更鐘。
夢爲遠別啼難唤，書被催成墨未濃。
蠟照半籠金翡翠，麝薰微度綉芙蓉。
劉郎已恨蓬山遠，更隔蓬山一萬重。

颯颯東風細雨來，芙蓉塘外有輕雷。
金蟾嚙鎖燒香入，玉虎牽絲汲井回。
賈氏窺簾韓掾少，宓妃留枕魏王才。
春心莫共花争發，一寸相思一寸灰。

右二詩，一首寫夢境，一首寫往事。而第一首結句又用一『隔』字，第二首結句又用一『灰』字，似真似幻，若即若離，均無實事可徵也，此與《遊仙詩》同一迷離惝怳，真爲難得。

九三　作懷古詩法

懷古詩隨時隨地，有觸即作，但須有寄托，有議論。若就古人事迹，平鋪直叙，則不失之板滯，即失之冗弱，學者最宜切戒。兹舉二例，並示作法於下：

蘇臺覽古　李白

舊苑荒臺楊柳新，菱歌清唱不勝春。
祇今惟有西江月，曾照吴王宫裏人。

右詩起二句是寫現在，故用一『舊』字、一『荒』字，以折出新字；第三句提出西江月，第四句提出吴王宫，用一『今』字、一『曾』字，便有無限感慨之意。

越中懷古　　李白

越王勾踐破吴歸，戰士還家盡錦衣。
宫女如花滿春殿，祇今惟有鷓鴣飛。

右詩起二句是寫當年之盛，第三句從戰士折到宫女，盛之至也。『祇今』一點，與前首同一感慨。

九四　作竹枝詞法

『竹枝詞』專寫風土，其體與七絶近似，但重音節而意義次之，重氣韻而文采次之，大都皆眼前指點之語。今示其作法於下：

臨平湖竹枝詞

厲鶚

雙鬟十五蕩舟徐，不見清波錦鯉書。
儂似湖中石鼓樣，望郎望似蜀桐魚。

右詩寫女兒相望之意，首句言女兒之操業，次句言女兒之候信，三、四兩句以石鼓、桐魚爲比，語語動人，其鄭、衛之遺歟？

端溪竹枝詞

李峰

楚楚青衫别樣新，歸寧南渡到江濱。
一竿油傘雙籐盒，緑樹斜陽唤渡人。

右詩寫出門歸寧狀況。首句言所著之衣，次句言出門之由，第三句言所持之物，末句點醒唤渡，層次極爲整齊。

九五　作柳枝詞法

柳枝詞與竹枝詞，體雖同而實則大異，蓋專詠楊柳故也。惟以清麗委婉，可以歌唱爲合格；若俚詞俗語，亦不宜羼入。茲示作法如左：

西湖柳枝詞

厲鶚

相識東風萬萬條，冶遊付與玉驄驕。
等閑回首情難盡，行過長橋又短橋。
藏鴉門外綠愔愔，染雨烘晴色漸深。
底事錢塘蘇小小，不將翠帶結同心。
千絲踠地復臨湖，記得當年賣酒壚。
惟有個儂偏愛惜，三眠還要倩人扶。

芳草春來斷客魂，楊枝祇合伴桃根。
滿湖碧水遊船散，西月東風在寺門。
闘盡纖腰一兩枝，水仙王廟日斜時。
青青不許遊人折，細葉如顰更泥誰？
路旁煙態罥朱樓，長送行人千里遊。
願作涌金門外樹，生來渾不識離愁。

右六詩一氣呵成，第一首言遊客，第二首言妓家，第三首言酒樓，第四首言舟子，第五首言僧寺，第六首言羈人。寄托深遠，不僅爲楊柳詠也。

九六　作打油詩法

打油詩，本滑稽詩之一種，然亦有寄托在內。相傳有人出門打油，忽發詩興，頃刻間而詩成，故遂以『打油』名之。音節不甚講究，實爲歌謡之遺，大約以七言四句者較多。今示作法及舉例如下：

月子彎彎照九州，幾人歡樂幾人愁。
幾家夫婿同羅帳，幾個飄零在外頭。

右詩言離别之苦，俗不傷雅，故難能而可貴。

春耕夜起早遲眠，小妹擔茶郎種田。
秧要日頭麻要雨，採桑娘子要晴天。

右詩寫農家情景，歷歷如繪，而將茶、桑、麻、稻併入四句之中，尤極自然之致。

九七　作寶塔詩法

『寶塔詩』雖爲遊戲之作，然須有步驟，有層次，否則疊床架屋，有何意味？而且尤忌凑合、板滯等病。兹示作法於左：

詠酒 一至七字。　闕名

酒，酒。
酌來，飲取。
君莫訴，時難久。
偏樂少年，能娱老叟。
對月不可無，看花必須有。
于髡一醉一石，劉伶解酲五斗。
臨行强戰三五場，酩酊更能相憶否？

右詩無一複語，無一重筆。起六句言飲酒必須有德，七、八兩句言老少皆宜，九、十兩句言對月、看花皆宜，十一、十二兩句尋出兩個古人作證，末兩句回顧前事作結。瀟灑風流，詩中聖品。

九八　學作櫂歌法

櫂歌與竹枝詞相近，如漁家唱晚之歌，既須婉約，又貴輕靈，下字似倚聲，琢句似風謡，方有真趣，較之採桑歌、採茶歌，别有一種丰韻，是在作者之善爲摹寫耳。今述其作法如後：

昇平湖櫂歌

丁立誠

紫光赤色掃塵埃，今日昇平湖自開。
紅煞桃花青煞柳，春風無數峭帆來。

赤烏天璽瑞徵多，小石靈函字細摩。
樂府重翻寶鼎見，壓他水調竹枝歌。
邱丹羽化剩荒祠，杉柏陰遮碧一池。
敲破竹扉童不應，小眠驚起白鷗兒。
阿兄舒國綰朝緋，阿弟禪關割妄機。
誰繼放生團社約，魚苗如蟻緑初肥。
廣嚴清梵歇枯龕，春水門前記浴蠶。
喚起鮮于舊詩老，護伽藍禮褚河南。
安平七字艷坡仙，摹勒貞珉又百年。
且採本山茶葉好，一甌雪沸寶幢泉。

右六詩，第一首言湖上風景，第二首言湖上古迹，第三首寫鷗，第四首寫魚，第五首寫蠶，第六首寫茶葉，而滿湖畫本，都在詩中，真風雅絶倫之作也。

九九　學作宫詞法

宫詞者，記宫中之事也。須語類諷諫，恰合詩人忠厚之遺，而詞句之間，尤宜含蓄而不率直，隱約而不顯露；否則非失之怨怒，即失之輕薄，甚無取也。兹故示其作法於左：

宫詞　熊人霖

雕梁燕子語喃喃，寵緑憐紅月已三。

半雨半晴梅子熟，檐前都是愛宜男。

右詩首句以燕子自比；次句言色衰寵弛，如春暮之三月也；三、四兩句還望恩幸，措詞何等委婉，而哀怨之意已溢於言表也。